记忆的角落

Sidonie-
Gabrielle
Colette

克罗蒂娜走了

Claudine s'en va

〔法〕柯莱特 著

顾晓燕 译

人民文学出版社

Sidonie-Gabrielle Colette
Claudine s'en va

图书在版编目(CIP)数据

克罗蒂娜走了/(法)柯莱特著;顾晓燕译.—北京:人民文学出版社,2024
(记忆的角落)
ISBN 978-7-02-018366-1

Ⅰ.①克… Ⅱ.①柯… ②顾… Ⅲ.①中篇小说-法国-现代 Ⅳ.①I565-45

中国国家版本馆 CIP 数据核字(2023)第 237575 号

责任编辑	朱卫净 郁梦非
装帧设计	李苗苗

出版发行	人民文学出版社
社 址	北京市朝内大街 166 号
邮 编	100705
印 刷	山东新华印务有限公司
经 销	全国新华书店等
字 数	102 千字
开 本	787 毫米×1092 毫米 1/32
印 张	7.5
版 次	2024 年 2 月北京第 1 版
印 次	2024 年 2 月第 1 次印刷
书 号	978-7-02-018366-1
定 价	49.00 元

如有印装质量问题,请与本社图书销售中心调换。电话:010 - 65233595

记忆的角落，也会有光

关于原作署名的说明

《克罗蒂娜走了》(1903)是"克罗蒂娜四部曲"的最后一部,前三部分别是《克罗蒂娜在学校》(1900)《克罗蒂娜在巴黎》(1901)《克罗蒂娜在婚后》(1902)。另一种说法认为,"克罗蒂娜"系列一共有五部,第五部是《情感退隐》(1907),出版于柯莱特与第一任丈夫维利彻底决裂后。这些作品之间存在一个显著的区分:"克罗蒂娜四部曲"最初的署名均是维利,而《情感退隐》的署名是柯莱特。

维利原名亨利·高缇耶-维亚尔,比柯莱特大14岁,在当时的法国文艺圈里十分活跃。他擅长雇佣写手进行命题创作,再以自己的名义发表出来。他建议柯莱特写下她自己的童年和青春,并指导柯莱特加入一些大胆的"香辛料"。部分内容在重版时被删除。

1906年,柯莱特和维利分居,1907年,维利同意放弃整个"克罗蒂娜"系列的版权。

茜多妮-加布里埃尔·柯莱特
Sionie-Gabrielle Colette
（1873—1954）

目录

一   1
"他走了!""他走了!"

二   15
"太太没有睡好吗?"

三   25
玛尔特的电话留言让我左右为难:
"无法到家中接你去裁缝处试衣。四
点到克罗蒂娜家找我。"

四   75
阿列日。

五   101
玛尔特的房间是我们几个人中最大
的,我们在这里,在拉开的百叶窗
后等待克罗蒂娜和卡里奥普。

六 　　　　　　　　　　135

拜罗伊特。

七 　　　　　　　　　　145

我们几乎是在最后一刻定到了位子，我意外地不得不和玛尔特夫妇分开，这让我暗自庆幸。

八 　　　　　　　　　　161

《帕西法尔》的第一幕剧刚刚结束，这让我们又回到了去魅的日光中。

九 　　　　　　　　　　187

上午十一点，火车到站。

十　　　　　　　　　　　　　　　203

　　克罗蒂娜骗了我。

十一　　　　　　　　　　　　　213

　　那么多纸箱子，那么多包裹！

一

"他走了!""他走了!"我一遍又一遍地写着,想让自己知道这真的发生了,看看自己是否难过。他还在时,我感觉不到他会离开。他行动干脆,指令清晰。他对我说:"安妮,别忘了……"随即又叹道:"我的上帝啊,你在我心里真是个小可怜儿。一想到你会伤心,我就比想到自己要离开更难过。"难道我在他心目中真是如此可怜兮兮吗?可那时的我无忧无虑,因为他还在我身边。

听到他这么埋怨我,我打了个寒战,缩了缩身子,有些惶恐,我心想:"难道我真会像他说的那样伤心吗?好可怕啊。"

如今,一切都成了事实:他走了。我不敢动,不敢呼吸,不敢活下去。丈夫是不该离开他的妻子的,尤其是像他这样的丈夫,像我这般的妻子。

那年,我还未满十三岁,他便已经成了我生命的主宰。一个如此英俊的主宰!红棕色的头发,白胜鸡蛋的皮肤,一双让我目眩神迷的蓝色眼睛。我在唯一的亲人、祖母拉扎利斯家等他放暑假回来，我掐指算着日子，终于等来了那天早晨。祖母走进我那个灰白相间的小修女房间（由于当地夏季酷热，人们用石灰刷墙，所以在被百叶窗遮蔽的地方石灰还未干透），她说："厨娘从城里回来的时候瞧见阿兰房间的窗户开着。"她平静地向我宣布道，根本想不到此时纤瘦的我已经在毯子下紧紧地缩成一团，膝盖直顶着下巴……

阿兰！我爱他，从十三岁一直爱到如今，我爱得小心局促，爱得诚惶诚恐，我不曾时髦打扮过，也没耍过男女间的小心机……每年我们有近四个月的时间形影不离（因为他在诺曼底一家英式学校读书，假期特别长）。他来的时候皮肤晒得白里透金，蓝色的眼睛下方有五六颗雀斑。他推开花园门的样子就像在被攻克的城堡上插上战旗。我穿着平日里的小裙子，不敢精心打扮，生怕他看出来。他带我出门，我们一起看书，一起玩耍，他从不征求我的意见，我的想法在他看来经常是无足轻重的。他宣布道："我们这样玩，您扶住梯子，我把苹果扔下来，您张开围裙接着……"他揽过我的肩头，凶狠地环视四周，仿佛在说："谁敢把她从我身边抢走！"那年，他十六岁，我十二岁。

有时——这个动作直到昨天我还谦卑地做过——我把自己棕色的手放在他白皙的手腕上，叹息道："我真黑！"他会骄傲地微笑，露出整齐的牙齿，回答说："虽黑犹美[1]，亲爱的安妮。"

这儿有一张我当年的照片：棕色的皮肤，和今天一样干瘪，小小的脑袋被厚重的黑头发扯得有点往后仰，噘着嘴像是在哀求"我下次不敢了"，睫毛又长又直，长得像遮光板，直得像栅栏，睫毛下方长着一对水蓝色的眼睛，这让我照镜子的时候很不舒服，因为在一个像卡拜尔姑娘[2]似的皮肤上搭配一对如此浅色的眼睛实在显得滑稽。可是阿兰喜欢它们……

我们在一起中规中矩地长大，不曾亲吻，不曾

---

[1] 原文为拉丁文"sed formosa"，取自《所罗门之歌》。——本书注释均为译注。
[2] 卡拜尔人居住于阿尔及利亚北部半山区地带，多为穆斯林，以农业为主。

逾矩。噢！问题不在我身上。虽然我不吭声，可我想说"好的"。傍晚的时候，我经常在他身边闻到一股浓重的茉莉花味道，这让我呼吸困难，胸口像被勒紧了似的……我不知该如何向阿兰坦白："茉莉花，每天晚上，我嘴唇舔过的汗毛，就是您……"我闭上嘴巴，垂下眼睑，睫毛挡住了我颜色过浅的眼睛，阿兰对我这种态度习以为常，他从未仔细思量过……他很正直，正如他很英俊。

在二十四岁那年他向我宣布："现在，我们结婚吧。"一如他十一年前对我说："现在，我们来玩野蛮人游戏吧。"

他总是对我该做的事情了如指掌，我如今离了他，便像是一个丢了钥匙的机械玩偶，一无是处。现在，我该怎样去判断对错呢？

可怜啊！可怜的、自私的、脆弱的小安妮！我想着他，哀叹我自己。我求过他不要走……只敢用三言两语，因为他是个感情内敛的人，就怕浓情蜜意。我说："这笔遗产，可能数目不大……我们的钱够用了，到那么远的地方去找一笔尚不确定的财产……阿兰，如果您能带个人走……"他惊讶地把眉毛一挑，打断了我词不达意的劝说，但我还是鼓起勇气说道："那就带上我吧，阿兰。"

他满是同情的微笑丝毫没有给我留下任何希望："带您走？我亲爱的宝贝！您这么娇弱的人，您……也不是个好旅伴，别生气。您想过没有，横穿大西洋一直到布宜诺斯艾利斯，您受得了吗？想想您的身体，想想您可能会是我的大包袱，我知道这个理由最能说服您。"

我垂下眼睑，表示不再坚持。我暗自埋怨我的艾特舍瓦瑞叔叔，十五年前他一时头脑发热离家出走后便音信全无。这个讨厌的疯叔叔去世前在那个远得不知名的地方发了财，他给我们留下了什么？几座可以饲养公牛的庄园。"安妮，这些牛可以卖到六千皮阿斯特[1]。"可我甚至记不得这能换算成多少法郎……

阿兰出发的那天还未结束，我已经偷偷躲在房间里，在他送给我的漂亮的记事本上记录《丈夫远行时的日记》，查看他为我贴心留下的日程表。

---

[1] Piastre，1885年至1952年间法国制造的用于与中国及其周边国家、地区进行贸易的一种货币。

六月——拜访X夫人……Z夫人……T夫人……（很重要。）

去雷诺和克罗蒂娜夫妻家一次，对于丈夫远行的少妇而言这对夫妻真是太不靠谱。

让人把客厅里的大安乐椅和藤床的钱结给地毯商。不用讨价还价，因为这个地毯商也供货给我们的朋友G，他会杀价的。

定制安妮的夏装。套装裙不要过多，做点款式简单的浅色裙子。但愿我的宝贝安妮不要固执地认为鲜亮的红色和橙色能衬托她的肤色。

每周六早晨检查仆人的账本。提醒儒勒不要忘记把吸烟室里悬挂的绿色挂毯摘下来，包上胡椒和烟草一起卷起来……儒勒是个好小伙子，就是有点懒。安妮要是不亲自监督的话，他干起活来总是丢三落四。

安妮该去大街上散散步，别看太多无聊的书，别读太多自然主义小说之类的东西。

通知市政我们七月一日走。出发去阿列日之前提前五天订好一辆敞篷马车。

我真希望我的宝贝安妮能多征求我妹妹玛尔特

的意见，经常和她出去走走。她见多识广，表面似乎有些随性，实际上很有主意。

他考虑得面面俱到！难道我不该有片刻为我的无能感到羞耻吗？或许更确切地说是我的懒惰或被动。阿兰体贴周到，包揽了一切，不用我为任何东西烦神。婚后的第一年，我这个来自热带国家的姑娘本想打破沉闷、无所事事的生活，可是阿兰早早地就泼了我凉水："算了算了，安妮，我办就好了。""可是安妮，您不懂，您根本就一窍不通。"

我一无所知，除了服从。是他教会了我服从，这就像是我活着的唯一任务，我努力并且愉快地执行着。我柔软的脖子，下垂的手臂，过于瘦弱的身体，我动不动就下垂的表示同意的眼睑，还有我那像小奴隶一般的肤色，这一切都注定我只能服从。阿兰经常叫我"小奴隶"，当然他说此话并非出于恶意，只是对我这样棕色皮肤的人种有些许歧视。他是个白人！

是的，亲爱的"日程表"将在阿兰不在的日子里继续指导我的生活，直至他的第一封来信。是的，我会和市政停止租约，我会监督儒勒，我会检查仆人的账册，我会走亲访友，我会经常去见玛尔特。

玛尔特是阿兰的妹妹，我的小姑子。阿兰对她下嫁给一个写小说的很是不满，即便此人还算出名。但他仍然称赞她身上有种灵动、不拘小节的智慧，糊涂却能洞悉世事。他喜欢说："她是个聪明人。"我一直无法参透这句恭维话的意味。

总之，她有的是办法把哥哥骗得团团转，并且我认为阿兰从不曾察觉到这一点。能把脱口而出的错话圆回去，能把危险话题不动声色地岔开，这需要何等的谈话艺术，何等的掌控力啊！每当我惹恼了主人阿兰，我总是独自伤心，甚至不去请求他的原谅。可如果换作玛尔特，她就会对他笑，或对他刚做出的某句评语大加赞扬，或妙语连珠地贬低某个特别无聊的讨厌鬼，这时的阿兰就会舒展眉头。

聪明人玛尔特可谓心灵手巧。我惊讶地看着她一边聊天一边从手里变出一顶可爱的帽子，或是织出一段堪比知名商家女工做出来的花边。玛尔特一点也不像服装店的女店员，她个子娇小圆润，腰身紧收纤细，可爱的屁股随着步伐而动，一头红棕色的秀发（和阿兰一样）泛着金光，像一团燃烧的火焰，被灰色的眼睛衬托得更显明亮。她活脱脱一个巴黎公社时期的纵火女人，小脸蛋搭配精致的五官，像是十八世纪的美人。扑香粉，抹口红，穿印满花饰的沙沙作响的丝绸裙子、流行的胸衣、高跟鞋。克罗蒂娜（有趣的克罗蒂娜，可我不能多见她）称她是"街垒里的侯爵夫人"。

这个出位的尼侬[1]三言两语就能把她的丈夫莱昂收拾得服服帖帖，这也让我瞧出了她和阿兰的血缘关系。莱昂有点像玛尔特的安妮。我每每想到他，就会叫他"可怜的莱昂"。可是他丝毫没有表现出不幸的样子。莱昂是个作风正派的棕发帅小伙，一点山羊胡，一双杏仁眼，头发柔软服帖，典型的稳重的法国男人。当然，要是侧脸再具点

---

[1] 尼侬·德·朗克洛（Ninon de Lenclos，1621—1705），本名安娜·德·朗克洛。17世纪法国著名的社会活动家、沙龙女主人，为人真诚而风流，思想前卫，吸引了包括路易十四在内的大批贵族雅士。

立体感，下巴再宽些，眉弓再突出些，黑眼珠再少些傲慢就更好了。他就像——我这么写有点恶毒——就像丝绸柜台的首席推销员，这是克罗蒂娜讽刺他的原话，有一天她还给他起了个绰号叫"还需要什么太太？"。这个标签就此被贴在了可怜的、被玛尔特当作私有财产的莱昂身上。

玛尔特向我透露过，她经常把莱昂关上三四个小时，时间视他的产量而定，他平均一年能写一又三分之二本小说，收入不错，她还说"仅够温饱"。

我很惊讶，这世上总有一些行事果断、意志坚定、心肠狠硬的女人不惜将增加家庭收入的重担压在埋头码字且累不死的丈夫背上。我责备过玛尔特几次，随后我对她又敬又怕。

有一天，在确信玛尔特像个男人似的压榨听话的莱昂后，我斗胆对她说：

"玛尔特，你和你丈夫真是一对反天性的夫妻。"

她惊诧地看着我，随即笑得一发不可收：

"不，你这个安妮啊，真是什么都说得出来。你绝不该不带上一本拉鲁斯字典就出门。'反天性的夫妻'！幸亏只有我一个人听到你这话，要知道如今这词的意思……"

可阿兰还是走了！他不时地出现在我的脑海中。怎么办？生活的重担就此压在我一个人身上……我是不是该去乡下，去卡萨梅那里，住回拉扎利斯祖母留给我们的老房子里，大门不出二门不迈，一直等到他回来？

玛尔特进了门，用她挺括的裙子和袖子的包边将我可笑又美好的计划一扫而空。我飞快地藏起了我的记事本。

"一个人啊？你去裁缝那儿吗？一个人待在这伤心的房子里！无人慰藉的寡妇！……"

尽管抹着粉，戴着特里亚农式的帽子[1]，高举一顶小洋伞，但是她那尖刻的笑话像极了她的哥哥，我的眼泪又夺眶而出。

"好了，算了！安妮，你是最……模范的妻子了。我告诉你，他会回来的。我只是卑鄙地想，他

---

[1] 形似牧羊女佩戴的帽子。法国国王路易十六为王后玛丽·安托瓦奈特在凡尔赛官中特辟了一处名为"特里亚农"的农庄，王后常在此装扮成牧羊女，模仿田间生活。

不在的日子,至少头几个星期,会让你有一种放假、偷闲的感觉……"

"偷闲。噢!玛尔特……"

"干吗说'噢,玛尔特'……这儿的确空荡荡的。"她一边说着一边在我的房间里转了一圈。我的房间在阿兰离开后一直维持着原样。

我擦了擦眼睛,这总是要多花点时间,因为我的睫毛比较多。玛尔特笑我"头发长在眼睛上"。

她转身背对着我,趴在壁炉上。她穿着一身印有过时的玫瑰花样的灰色长纱打底裙,我觉得相对于这个季节有点过早,一条半身百褶裙,一条长头巾在胸前打了个结,是维基-勒布伦夫人[1]的风格,红棕色的头发被挽起,露出脖子,如埃勒[2]的画中人。这打扮有点不搭调,却不无风韵。当然我不会说出这些意见。其实,我又说出过哪些意见呢?

"你盯着什么东西看了这么久,玛尔特?"

---

[1] 伊丽莎白·路易斯·维基-勒布伦(Elisabeth Louise Vigée Le Brun,1755—1842),法国路易十六时期著名女画家,曾为王后玛丽·安托瓦内特画像。
[2] 保罗-塞萨尔·埃勒(Paul-César Helleu,1859—1927),法国画家,尤其以画当时沙龙贵妇的肖像而扬名。

"我在盯着我的哥哥先生的画像呢。"

"阿兰的画像?"

"你是这么命名的?"

"你觉得怎么样?"

她并未立即回答,过一会儿,她回过身笑了起来:

"太妙了,他像极了一只公鸡!"

"公鸡?"

"是的,像公鸡。看呐。"

听到这么可怕的评价,我呆住了,僵硬地拿起画。这是一幅拿照片临摹的红粉笔画,我很喜欢:我的丈夫站在夏日的花园里,没戴帽子,红棕色短发,眼神高傲,双腿笔直……他习惯摆这个姿势。他像……像一个坚定的帅小伙,血气方刚,目光锐利;他也像一只公鸡。玛尔特说的没错。是的,他像一只红棕色的、油亮亮的大公鸡,顶着鸡冠,毛色柔顺……阿兰仿佛再一次离开了我,我又哭了起来。玛尔特懊丧地举起手。

"不是吧,你看看,大家连说都不能说起他!亲爱的,你真是个怪人。你肿着眼睛去裁缝那儿可就有意思了。是不是我让你难受了?"

"不,不,是我自己的问题……没事,过会儿就好……"

我不能向她承认,我的绝望是因为阿兰像一只公鸡,尤其是我自己竟然也这么觉得……像只公鸡!她真该早点告诉我……

二

"太太没有睡好吗?"

"是的,莱昂妮……"

"太太眼圈都是黑的……太太该喝一杯白兰地。"

"不,谢谢。我还是喜欢我的可可。"

莱昂妮只知道一种包治百病的药,那就是白兰地。我猜测她可能每天都会体验它的功效。莱昂妮让我有点害怕,因为她身材魁梧,行动果断,关门的时候风风火火,她在缝衣服时吹的口哨像极了军营里的哨声,让我误以为她是从部队里退役的马车夫。她是个忠诚的姑娘,从我结婚后一直服侍我,已经四年了。她的关心里糅杂着蔑视。

我必须一个人醒来,一个人对自己说阿兰走后又过了一天一夜,一个人鼓起勇气传仆人开饭,打电话给市政,翻看账册……一个拖欠假期作业的初中生在开学第一天的早晨醒来也不会比我更烦躁……

昨天,我没有陪我的小姑子去试衣。因为公鸡的事,我还在生她的气。我用疲乏和肿眼皮当借口。

今天,我准备一改萎靡不振的模样,主动拜访玛尔特,毕竟阿兰要求我这么做。只是,让我孤独一人穿过这空荡荡的、回响着女人声音的客厅,于我而言总像是一场小小的酷刑。如果我按照克罗蒂娜的建议,说自己"抱恙"呢?噢不,我不能违逆我的丈夫。

"夫人要穿哪条裙子?"

是啊,哪条裙子呢?阿兰从来不用犹豫,只需一眼,便已经综合考虑了时节颜色、我的肤色还有当天出席的人物姓名。他的选择总能面面俱到。

"莱昂妮,拿我那件灰色的绉纱裙和那顶有蝴蝶装饰的帽子。"

帽子上的装饰是只灰色的蝴蝶,灰白色的翅膀上缀有橙色和红色的新月形花纹,我很喜欢。还好!可以肯定的是,伤心欲绝并未让我变丑。蝴蝶装饰的帽子戴在光滑蓬松的头发上,头发向右偏分,低发髻,突兀的浅蓝色眼睛由于最近常掉眼泪而显得水汪汪,总之,这又得招瓦伦蒂娜·舍斯奈一通冷嘲热讽了。瓦伦蒂娜是玛尔特沙龙的座上客，她之所以讨厌我，是因为（我感觉得到）她看上了我的丈夫。此人的外貌简直可以说是在漂白水里漂过的。她的头发、皮肤和睫毛的颜色都是浅金色。她的妆容是粉色的，涂了睫毛膏（是玛尔特告诉我的），但都不足以为她淡而无味的贫血脸色添点生气。

她会在玛尔特家背光而坐以便隐藏她的眼袋，位置离玫瑰卷心菜[1]远远的，因为她害怕她身上傻气而干净的光芒。她会高昂着头，对我尖声叫嚷，说一些令我不知如何回答的恶言恶语，而我的一时语塞会让其他鹦鹉都哈哈大笑，她们还叫我"小黑鹅"！阿兰，专制的阿兰，都是因为您我才不得不暴露在这痛苦的伤害中。

尚在侧厅时我就听到一笼子鸟叫声，唧唧喳喳，不时夹杂着小勺子碰撞的声响，我的手已经渐渐冰凉。

这个舍斯奈果然在那儿！她们都在那儿，聒噪

---

1 "克罗蒂娜"系列中一个女性人物的昵称。

不已,除了"儿童诗人"坎德尔,她安静的灵魂只为美妙的诗句而生。只有她默默不语,慢慢地转动着亮晶晶的眼睛,轻咬着下嘴唇,就像是咬着别人的嘴唇一般,性感而罪恶……

还有弗洛西小姐,在拒绝上茶时,她会从喉咙里发出嘶哑的气声,把一个"不"字拖得老长,自成一调。不知为何,阿兰不喜欢我和她结交。这个美国女人比丝巾更柔软,她的面孔在金发的映衬下更显光洁明亮,海蓝色的瞳孔,坚硬的牙齿。她直视着我,没有半点尴尬,直至她的左眉毛一挑,仿佛某个扰人的电话铃声突然响起,让我立即转开视线。但当一个纤瘦的红发小女孩蜷缩在她的影子里,用深邃而仇恨的目光莫名其妙地盯着我时,她笑得更加神经质了……

莫吉是一个胖胖的音乐评论家,他凸起的眼珠瞬间一亮,凑近了打量这两个美国女人,这种无礼的举止就算挨记耳光子也不为过。他一边往酒杯里斟满威士忌,一边悄悄哼唧:"几个萨福[1],大家开

---

[1] 萨福(Sappho,约前630年—约前560年),古希腊著名的女抒情诗人,19世纪后成为女同性恋的代名词。

心就好!"

我听不懂,我不敢看,所有这些面孔都因我漂亮的裙子而瞬间邪恶地凝固了。我真想逃之夭夭。我躲到玛尔特身边,玛尔特用她坚定的小手,用和她本人一样勇敢的眼神温暖了我。我真羡慕她的勇敢!她能说会道,牙尖嘴利,出手大方,因而常引来闲言碎语。她清楚该如何识破别人的含沙射影,一把揪住那些没良心的女友,像捕鼠高手一样把她们不依不饶地狠甩一通。

今天,我真想抱抱她,因为她帮我回击了舍斯奈夫人。我一进门,舍斯奈就对我嚷嚷:"哟!这不就是印度马拉巴来的小寡妇么!"

"玩笑别开过头了,"玛尔特反击道,"人家丈夫刚走,总有点冷清。"

在我身后传来一个自信的、卷着小舌音的声音表示赞同:

"当然啦,沉重……心痛……的空虚!"

所有人都笑出声来。我尴尬地转过身。当我认出说话人是雷诺的妻子克罗蒂娜的时候更是如芒在背。"只拜访过一次雷诺和克罗蒂娜,这对夫妻太不靠谱……"阿兰对他们的防备让我觉得此时的我在他们面前直冒傻气,像犯了错一般。可我感到他们很友善,令人羡慕。他们像恋人一般形影不离。

有一天,我坦白告诉阿兰,我不想指责雷诺和克罗蒂娜把夫妻做得像情侣。阿兰冷冰冰地问我:

"我亲爱的,是谁告诉您情侣看上去比夫妻爱得更深、更好呢?"

我老老实实地回答:

"我不知道。"

自此以后,我们除了偶尔几次客套的拜访之外,再也没有谈论过那对"不靠谱"的夫妻。但克罗蒂娜对此并不介意,雷诺也没有,因为这世上唯一能让雷诺介意的只有他的妻子。而阿兰对两家人之间此种欲断不断的联系表现得很反感。

此时,克罗蒂娜并未发觉是自己引发了笑声,她埋头吃着一块龙虾三明治,随后郑重地宣布:"这是第六块。"

"是啊,"玛尔特高兴地说,"您真是个花钱的主,被花钱如流水的勃雷夫人的灵魂附身了吧。"

"只被她的胃附身了。这是她唯一的可取之

处。"克罗蒂娜纠正道。

"您要当心啦！亲爱的，"舍斯奈夫人暗讽道，"照这么吃下去您会发胖的。不定哪天晚上，我就发现您的胳膊粗了一大圈，可险着呢！"

"呸！"克罗蒂娜嚼着满嘴的食物反诘道，"我只希望您的大腿有我的胳膊粗，那就谢天谢地了。"

瘦是舍斯奈夫人的心病。她梗着脖子，生生地咽下这句嘲讽，我生怕她会吵起来，但她只是瞟了一眼这个无礼的短发对手，压抑住怒火，站了起来。我本想直直身子也站起来，可为了不和这个"漂过白"的恶毒妇人狭路相逢，便又坐了下来。

克罗蒂娜正在大口扫荡焦糖小泡芙，顺便也分了一点给我（啊呀，要是阿兰看到这一幕……）。我接过食物，小声对她说：

"她会挖空心思诽谤您的，这个舍斯奈！"

"我照单全收。她能想出的招数都出尽了。就差说我杀过小孩了，当然，以后会不会说我也不敢对您打包票。"

"她不喜欢您，是吗？"我怯怯地问道。

"她喜欢我，可她装着不喜欢。"

"那您不介意?"

"当然不介意!"

"为什么?"

克罗蒂娜用美丽的眼睛打量着我。

"为什么?我也不知道,因为……"

雷诺的靠近打断了她的回答。雷诺笑着,用手轻轻一指门口。克罗蒂娜从椅子上起身离去,悄无声息,轻巧得像一只猫咪。我还是没能知道为什么。

但我感觉到她看他时那意味深长的一眼也许是个答案……

我也要走了!站在这一群男男女女中间,我感觉自己尴尬得要昏过去了。克罗蒂娜察觉到我的不安,走回我身边,用劲拉过我的手,紧紧地握住。她问我:

"还是没有阿兰的消息?"

"对,还没有。也许回家时会有一封电报等着我。"

"那我祝您好运。晚安,安妮。"

"你们去哪里度假?"克罗蒂娜轻声问我。

"去阿列日,玛尔特和莱昂也一起去。"

"要是玛尔特也去!……那阿兰可以安心旅行了。"

"相信我,就算没有玛尔特……"

我觉得自己的脸都红了。克罗蒂娜耸耸肩,一边朝门口等得不耐烦的丈夫走去,一边说:

"噢,上帝,不会吧?他把您养得太乖了!"

三

玛尔特的电话留言让我左右为难："无法到家中接你去裁缝处试衣。四点到克罗蒂娜家找我。"

那些有伤风化的图片都不会比这一张小小的蓝色纸条更让我头疼！去克罗蒂娜家！玛尔特说得倒轻巧；阿兰的日程表说……有什么是日程表没有说的？

我该不该把玛尔特安排的见面看作对雷诺和克罗蒂娜夫妇的一次正式拜访呢？不应该吗……应该吗……我焦躁不安，左右为难，既担心惹恼小姑子，又过不去阿兰和我心里的这道坎。可我微弱的想法在面对选择时消失殆尽，任由最直接的影响摆布，因为克罗蒂娜于我像一本自由且坦诚过头的禁书，我招架不住见到她的快乐……

"夏尔，去巴萨诺街。"

我穿了一条低调的深色裙子，戴了纯色面纱和一副仿麂皮的素色手套。我琢磨着怎样消除我这一"行动"的"正式属性"。之所以想到这些词是因为阿兰提醒过我哪些"行动"该具备或不该具备"正式属性"。当我在脑海中念叨时,这些词像搭配着一幅怪异而简单的图画,构成了一个看图猜字的游戏……"行动"是一个小小的人儿,穿着一件古板的正装,胳膊如细长的丝线从袖口伸出,领口处细密地绣着"正式属性正式属性……",形成一圈精美的花边。我怎么会写下这些东西,真够傻的!这只是些不知所谓的谵语,我只会写这些东西。当我再次翻看时,笔记本从我手中滑落。

在克罗蒂娜家的楼底下,我看了一眼手表:四点十分,玛尔特肯定已经到了,此刻应该坐在那间奇怪的客厅里嚼糖吃。我起初几次去她家时都未看清过这个客厅,因为那时我害羞得都快窒息了……

"莱昂·佩耶太太到了吗?"

一个老女佣态度冷淡、心不在焉地看了我一眼。她一心想的是如何阻止一只黑褐条纹的大猫溜走。

"利玛松,你等着,我要烧焦你的屁股……莱昂太太,姓什么?可能在楼上。"

"不,我想说的是……克罗蒂娜太太在家吗?"

"现在又换成克罗蒂娜太太了？您好像自己都不肯定。克罗蒂娜是在这儿……可她出门了……"

"骗子大王！"一个快乐的童声嚷嚷道，"我在，就在家里。你心情不好吗？嗯，梅丽？"

"才不是呢，"梅丽淡定地反驳道，"下次你自己去开门就知道苦头了。"

她趾高气扬地走开，大猫紧跟在她身后。我还等在候见室的门口，希望有个人从黑暗中走出来，带我进房……这是女巫的房子吧？"蛋糕城堡，噢，漂亮的蛋糕城堡……"汉塞尔和格莱特[1]在充满诱惑的房子前就是这么唱的……

"请进，我在客厅里，可我走不开。"还是那个声音在喊。

一个高个子人影站起来，出现在窗口：

"请进，亲爱的夫人，那孩子还在忙，她马上就会来和您打招呼。"

孩子？就是她，蹲在壁炉跟前，壁炉里不合时节地烧着一捆木头。我好奇地走向前去，看到她将

---

[1] 《格林童话》中的一对兄妹，他们在森林中迷路，被美食筑造的房屋吸引，险些被女巫吃掉。

某一不明物体伸向火焰——女巫！幼年时的我着迷且笃信的恐怖故事里的女主角——火焰让克罗蒂娜的发卷上镀上一层金色。我怕，却又暗地里希望看到那火焰里有传说中的蝾螈在蜷曲身体，垂死挣扎，将它们的血混入葡萄酒，饮用之人会衰竭而死。

她安静地起身说：

"您好，安妮。"

"您好，夫……克罗蒂娜。"

我有些吃力地叫出她的名字。当所有人都对她直呼其名的时候，我如何能称呼这个小个子女人为"夫人"呢？

"马上就要烤好了，我腾不开手，您明白吗？"

她拿着一个银质的小烤架，上面烤着一块正在膨胀的、黑乎乎的巧克力。

"这工具还没改良好，您知道的，雷诺！他们给我做的把手太短，害得我手上都烫了个泡，您瞧！"

"快让我看看。"

她高个子的丈夫弯下腰，温柔地亲吻她烫伤的小手,像情人一般用手指轻抚、用嘴唇亲吻……他们根本无视我的存在。我是不是该走开了?这一幕让我笑不出来……

"不疼了,不疼了,"克罗蒂娜拍拍手嚷道,"我和安妮两个人要吃烧烤了。我的大个子、我的帅小伙,我要开沙龙了。去您的书房里看看我在不在那里。"

"是我碍着你了?"她白发的丈夫弯腰凑近她问道。他的眼睛看上去是那么年轻。

妻子踮起脚,撩开丈夫的两撇长胡子,在他的唇上种上一记尖声响亮的吻……噢!我确信我是该逃走了!

"等一下,安妮!您跑哪儿去?"

一只手专制地拽住我的胳膊。克罗蒂娜模糊的脸、爱逗笑的嘴和忧伤的眼睑正在严肃地质问我。

我的脸腾的一下红了,仿佛因为目睹刚才的一吻而心存负罪感……

"因为……因为玛尔特还没到……"

"玛尔特?她要来吗?"

"是啊?是她约我来这里的,要不然……"

"'要不然'什么？没礼貌的小姑娘！雷诺，您知道玛尔特要来吗？"

"是的，亲爱的。"

"可您没有告诉我！"

"对不起，我的小丫头。我和平时一样，在你床上把你所有的信都读给你听了。可你那时候正在和方谢特玩。"

"说谎话不要脸。您干吗不说您自己那时忙着挠我痒痒，顺着我的肋骨……坐啊，安妮！再见，我的大个子……"

雷诺轻轻地关上门。

我极不自在地坐到床沿上。克罗蒂娜则盘腿坐上床去，把腿缩到橙色的裙子下。软缎的白衬衫点缀着和裙子风格一致的日式绣花，提亮了她暗沉的脸色。突然，她一下子变得很严肃，若有所思的样子，那模样配合着她的绣花衬衫和一头短发，活像一个博斯普鲁斯海峡的船工。她在想什么呢？

"喂，他帅不帅？"

她问得简单，手上突然一动不动，我却像被人撞了一下。

"谁?"

"当然是雷诺。他很可能给我读过玛尔特的信……我可能没留神。"

"他读您的信?"

她赶紧打了个手势表示肯定,因为巧克力沾上了银质烤架,快要烤煳了……她的心不在焉给了我勇气:

"他比您……先读?"

她抬起聪慧的眼眸:

"是的,美丽眼睛。(您愿意我叫您'美丽眼睛'吗?)这会冒犯您吗?"

"噢!完全没有。只是我不喜欢这样。"

"因为您的情人?"

"我没有情人,克罗蒂娜!"

我生气地否认道,我的诚实和气恼让克罗蒂娜捧腹大笑:

"她打断……她打断我的话!噢,老实人!安妮啊,我有几个情人……雷诺会给我念他们的信。"

"那……他怎么说?"

"这个……没有,没说什么。有时候他会叹

气：'真奇怪，克罗蒂娜，我们碰到的那么多人都**深信他们与众不同**，并且认为有必要把这一点写下来……'就这些。"

"就这些……"

我不由自主地跟着她的语调重复了一遍。

"克罗蒂娜，您不在乎，是吗？"

"什么？是的，我不在乎，除了一个人……"她又改口道，"不！我不是无动于衷的，我关心天晴或是天热，靠垫的厚度能否经受住我懒洋洋的身子，这一年杏子甜不甜、栗子糯不糯，我还特别在乎家乡蒙蒂尼的房顶是不是足够结实，别在暴雨天气里长满苔藓……（她像在唱歌，嘲讽似的拖长音调，放缓语速。）您瞧，安妮，我和您，和所有人一样对外面的世界感兴趣，用您那个小说家妹夫的话说，我感兴趣的是'波澜起伏又匆匆流逝的时光所卷挟走的一切'。"

我摇摇头，不以为然。为了让克罗蒂娜高兴，我接过几块烤过的巧克力，闻起来有点烟熏的味道，更像是糖衣杏仁。

"不可思议吧？要知道，是我发明了巧克力烧烤架，就是这个巧妙的小玩意儿，可他们没完全按照我的指示做，他们把手柄做得太短了。我还发明了方谢特专用的跳蚤梳、可以在冬天烤栗子的无孔栗子锅、苦艾拌菠萝、菠菜派（梅丽说那是她发明的，她胡说），还有我这个'厨房客厅'。"

克罗蒂娜的幽默让我笑着感到不安，又从不自在转为崇拜。她那双上挑的浅栗色眼睛宣布了对巧克力烧烤架的发明专利权，那目光和在宣布对雷诺的爱情时如出一辙，一样的热情、纯真而直接……

她的"厨房客厅"延续了这种令人不安的感觉。我只是想知道在我面前的是一个如假包换的疯子还是一个故弄玄虚的高手……

这个房间像厨房，又像在荷兰常见的烟雾缭绕的简陋旅馆里的客厅，可是即便是荷兰的旅馆，墙上怎么会有这样一个十五世纪的美丽圣母在微笑呢？天真、柔弱而迷人的圣母穿着粉色的长裙和蓝色的大衣，跪在地上战战兢兢地祈祷。

"很漂亮，是吧？"克罗蒂娜说，"在这画里我最喜欢的反而是可怕的对比——没错，可怕的——这条粉嫩的裙子和骇人的、忧伤的背景形成了对比,和您一样忧伤,安妮,阿兰先生登船离去那天的您。您现在不再想你那位远航的爱人了吧?"

"怎么会,我怎么会不想?"

"可毕竟您想得少了。哎哟!别为此脸红,这很正常,您丈夫是那么正统的人……瞧,看这个圣母脸上懊悔的表情,她看着她的耶稣,好像在说:'真的,我确实头一回遇到这种事!'雷诺认为这是马索利诺[1]的。"

"谁?"

"当然不是说这孩子是马索利诺的,是说这画!可专业人士说是菲利普·利皮[2]画的。"

"那您觉得呢?"

"我,我无所谓。"

我没有再接着问。这种特别的艺术评论让我有点尴尬。

克罗蒂娜在角落里淡淡地笑着,眼睑低垂,像

---

[1] 马索利诺·达帕尼卡莱(Masolino da Panicale, 1383—1447),意大利画家。
[2] 弗拉·菲利普·利皮(Fra Filippo Lippi, 1406—1469),意大利僧侣画家。

甘受酷刑的圣塞巴斯蒂安[1]。我摘掉手套,用手轻抚着一张缩在凹室内的暗灰色的大床。其他的家具摆设都让我吃惊:五六张光滑的深色栎木小酒桌仿佛被啤酒客的胳膊肘蹭得油光发亮,相同数目的厚实矮胖的长板凳,一架指针停走的老座钟,几把有柄的粗陶小口酒壶,一个形似侧翻背篓的深口壁炉,炉口架着高高的铜质柴架。在所有这些家具上都摆着随手丢弃的书,散页的杂志丢弃在灰粉色的厚地毯上……我很好奇地到处打量。我感受到一种忧愁……怎么说呢?一种海上的忧愁,我仿佛透过这些淡绿色的瓷砖看到了黄昏,在透明的、薄如轻烟的细雨中,我久久地注视着灰色的涌浪和它卷起的点点泡沫……

克罗蒂娜跟随着我的思绪。当我回过神来,我们面面相觑,用的是相似的眼神……

"您喜欢这里吗,克罗蒂娜?"

"喜欢。我害怕那些欢快的公寓。在这里,我可以神游。您瞧,这些颜色暗沉的墙壁像是从玻璃

---

[1] 圣塞巴斯蒂安在 3 世纪基督教迫害时期被罗马皇帝杀害。在文艺作品中,他常被描绘成捆住后被乱箭射穿的形象。

瓶里望出去的黄昏,而这些光滑的栎木长凳,让我想起曾经有那么多失意的穷人坐过,他们借酒浇愁,一口接一口……嘿,我觉得玛尔特好像放您鸽子了,安妮?"

她怎么能这样突然地,甚至可以说恶意地中断了忧郁的梦境!我的思绪当时正紧随着她,唯独在那片刻,我才能忘记对海上那个人的牵挂……克罗蒂娜的跳跃思维让我应接不暇,她的脑子里混杂着稚气和野性,这个小野蛮人的思路可以从美食跳跃到私情,从绝望的酒鬼跳跃到咄咄逼人的玛尔特。

"玛尔特,是的……她的确迟了。"

"一点儿!可能莫吉想出了一些正当的理由留住了她……"

"莫吉?玛尔特今天要去见他吗?"

克罗蒂娜皱了皱鼻子,像一只好奇的小鸟似的探出头,盯着我,直看到我的眼睛深处,然后笑着跳了起来。

"我不知道,我什么也没有看到,什么也没有听到,"她像个小姑娘一样滔滔不绝地说,"我只是怕您无聊。您知道了巧克力烧烤架、'客厅厨房'、雷诺还有我的冰冷的肖像画，都知道了……我再把方谢特叫来，好不好？"

没等我回答，克罗蒂娜已经打开门，探出身子，冒出一些咿咿呀呀的神秘的召唤：

"我的美人儿，我的小仙女，我的小白白，莫西莫西我的爱，呼噜噜，呼啦啦……"

小家伙梦游似的缓缓现身，像一只着了魔的小兽。那是一只漂亮的白猫，抬头用碧绿的眼睛恭顺地看着克罗蒂娜。

"我的小烧炭工，我的厨房小学徒，你又在雷诺的漆皮高筒靴里尿尿了？他不会知道的，我会跟他说是靴子皮质差。他好像也能相信。过来，让我对你念一些露西·德拉瑞-玛尔德瑞斯[1]的美妙诗句。"

克罗蒂娜一把揪住小猫脖子上的皮，把它举到自己头上，然后喊道：

"瞧啊，太太，落水的猫挂在钩子上了（她放开手，方谢特从她头顶跳下，爪子轻巧且精准地落

---

[1] 露西·德拉瑞-玛尔德瑞斯（Lucie Delarue-Mardrus，1874—1945），法国女诗人、画家、小说家、历史学家。

地,从容不迫,就待在原地……)您知道,安妮,自从我这女儿住在巴黎以后,我就给她读诗,波德莱尔关于猫的诗她都记住了。现在,我在教她露西·德拉瑞-玛尔德瑞斯的所有关于猫的诗。"

我被这种不着边际的孩子气逗乐了。

"您相信它能听懂?"

克罗蒂娜的目光越过我的肩头,满是不屑。

"您傻啊,安妮?对不起,我只是想说:'我对此确信无疑。'坐下,方谢特!多疑的女人,您看好了,听好了。这首诗没出版过,棒极了。"

致 猫

猫,神秘而智慧的君主,来无影去无踪,
我们戴满厚重戒指的手,能否配得上陛下,
　配得上您黑白相间的皮毛
　和有宝石镶嵌的柔软的面颊?

　您优雅,蜷缩时如刺毛虫,
　您的身子在我的指尖下比鸟儿更滚烫。
　　您唯一裸露的小脸,

是一朵耀眼的鲜花。

虽然您脖子里被系上丝带,像一个茶包,
但当您蜷起专断的爪子,
抓住某个意外的拨浪鼓时,
您黑色的耳朵张扬着凶悍。

沉静抑或低嗷,
泰然如王者般的虎嗷,
您将世人的快乐当作可怜的财宝
藏于腰下。

但今晚我们的呵护已无关紧要,
您静默不动的姿势未输半分高贵,
您金色的大眼睛里闪过佛的灵光,
于是您记起了,您是一位神。

小猫半睡半醒,轻声地咕噜两声,动一下,悄悄地配合着克罗蒂娜独特的嗓音:时而低沉,蹦出一连串小舌音 r,时而轻声温柔,让人禁不住打个冷战……当话音落地,方谢特睁开上挑的眼睛。猫和主人严肃地相望片刻……克罗蒂娜把食指伸到鼻子边上,叹口气转过身来。

"'专断'!这个词儿可让我一通找!绝妙吧?热情的诗句。为了找到'专断'这词,我宁愿拿出舍斯奈的十年寿命换!"

这个名字出现在此时极不搭调,就像一系列完美无瑕的收藏品里夹杂了一件蹩脚货。

"您不喜欢舍……舍斯奈夫人吗,克罗蒂娜?"

克罗蒂娜躺在床上,看着天花板,懒洋洋地举起一只手。

"无所谓……黄甜菜还是玫瑰卷心菜,都一样……"

"啊?玫瑰卷心菜……"

"到底是玫瑰还是卷心菜呀?那个脸蛋长得像小丘比特屁股的胖丫头?"

"噢!"

"'噢'什么?'屁股'可不是个低俗的词。再说您又不关心什么玫瑰卷心菜。"

"那玛尔特呢?"

一股冒失的好奇心驱使我继续提问，仿佛追问克罗蒂娜便可让我揭开谜底，找到她幸福的"秘诀"：是什么能让她避开世事，远离闲言碎语和斤斤计较的争吵，甚至是世俗的规矩呢？可是我不懂提问的技巧，克罗蒂娜一个鲤鱼翻身，把鼻子埋在猫咪银白色的皮毛里，她在取笑我。

"玛尔特，我觉得她爽约了……我是说她之前约了我们，可是……安妮，这算采访吗？"

我感到难为情。突然，我决定向她敞开心扉。

"克罗蒂娜，原谅我。我之所以拐弯抹角，是因为我不知道该不该问您……您对阿兰的看法……自从他走了以后，我不知道怎么活下去，没有人对我说起他，至少我希望有人和我说说他……在巴黎，人们都习惯这么快地忘记那些离开的人吗？"

我说出了心里话，冲动得让我自己都惊讶。克罗蒂娜把暗沉的瓜子脸抵在自己的两个拳头上，白缎衬衫的珍珠光泽提亮了她的肤色。她一脸狐疑。

"习惯忘记？我不太懂。但这取决于离开的人。桑萨姆先生，就是您的'阿兰'，他给我的感觉是一个……挑不出错的丈夫，力求出色，中规中矩，一直这个样子……他喜欢用警句，还有那些什么动作……"

"'专断'，是吗？"我怯懦地笑了笑。

"是的，但他不能用'专断'这个词，因为他不是猫。啊，是的，他不是猫！他心里附庸风雅，但屁股里插着根杆子……上帝啊，我真笨！您能不能别哭啊？我说的话又不作数的！您知道的，可怜的孩子，克罗蒂娜的脑子里进风了……好了，她要走了！先抱抱我，告诉我您不恨我。快看哟，她脑后的发带、平整的裙子、睫毛上亮晶晶的眼泪，这不活像一个被逼出嫁的姑娘吗？"

我微微一笑，想让她高兴，我想感谢她让我看到了在谎言如织的众生之外，还有一个桀骜而真诚的灵魂……

"再见，克罗蒂娜。我没生您的气。"

"但愿如此。您不想抱抱我吗？"

"噢，好的。"

她柔软而高挑的身子靠过来，双手搂住我的肩膀：

"过来亲亲！我说什么来着？习惯……脸靠过

来。好,再见,到阿列日再见。从这儿去前厅。代我向玛尔特那个小荡妇问好。不,您的眼睛没有红。再见,再见,小虫蛹!"

我一脚深一脚浅地走下楼,心里乱糟糟的。她说那里"插着根杆子"。上帝啊,我想这是个暗喻,杆子的形象比克罗蒂娜的评价本身更让我震惊。她百无禁忌,她在侮辱他,而我竟然坐视不理。

    亲爱的阿兰,我答应过您要拿出勇气,所以我只把我的勇气呈现给您看,请原谅我把其余的、您都猜得到的部分掩藏起来。

    我尽力让我们的房子按您的喜好收拾得干干净净、井井有条,看不大出您已离去。我按照您规定的日子见过了那些人,莱昂妮对我很好,至少初衷都是好的。

    您的妹妹很有魅力,且一向如此。我希望在和她的接触中能学会她的勇敢和头脑清醒,但不能否认这个目标定得有点高,况且您并没有要求我这么做。您的聪明和坚强对我们两人而言已经足够。

我不知道您会在什么地方收到这封信,而这种未知更让我笨拙得不知从何下笔。写信给您对我而言是一件新鲜事,是一个久已忘记的习惯!我宁愿再也不要重新拾起。但我能感觉到在我最失落的时候,给您写信就是我最后的出路。我的话不多,也许还词不达意,可是我的思念和我的一片痴心绝不是寥寥数语。我依然是

> 您的小奴隶
> 安妮

写这封信时,我是有所保留的,我并没有将我的心和忧伤统统倾诉给他听。这是否表示缺乏信心:和以往一样不信任自己,还是第一次不信任他?

他会喜欢怎样的我呢?是那个比羽毛更沉默、更温柔的安妮吗?他熟悉那个安妮,他惯于让她噤声,三言两语便能蒙住她的想法,一如睫毛蒙住她的眼睛。抑或是那个被他抛弃在此地、焦虑惶恐的安妮?这个安妮对疯狂的想象毫无招架之力,只是

他从未见识过这样的她……

他从未见识……

这种胡思乱想让我有种负罪感。因为隐瞒几乎就意味着欺骗。我没有权利在我身上隐藏起两个安妮。可如果第二个安妮就是另一个安妮的一半呢?真让人头疼!

可是他,人们见他一小时就能对他了如指掌。他的灵魂和他的面孔一样规矩。他讨厌无逻辑,害怕反常规。在我们订婚很久以后的某一晚,要是我搂住他的脖子对他说"阿兰,现在要没了您的爱抚,我可受不了",他还会娶我吗?

我的上帝啊!他一不在,我的思绪怎么就天马行空了?他回来时该怎么向他坦白?真要折磨死人了!他看到的不会是我在他外出期间记录的《旅行日志》,而是一个手足无措的可怜女人的独白……

"太太,有电报!"

这个莱昂妮一贯雷厉风行的士兵作风吓了我一跳。现在,我的手指怕得发抖……

旅途顺利。今日登岸。信将至。深情回忆。桑萨姆。

就这些吗？电报不是信，后者可以让我完全安心，可是在我这样慌乱的时刻它却没有来……"深情回忆"是什么，我不知道，我宁愿他写些其他的东西。此外，我也不喜欢他署上姓氏"桑萨姆"。难道我会署名"拉扎利斯"吗？可怜的安妮，今天你被什么坏东西咬了？你乱发什么脾气去和一个男人较劲，况且这个男人还是阿兰？

我要去玛尔特家，我要逃。

只有莱昂在家。正如每天的这个时候，他都会趴在被玛尔特称为"刑讯室"的书房的桌子前。金黄色烤漆的书柜，一张路易十六时期的漂亮桌子。这个模范作家从不在纸上留下一滴墨团，因为他工作时很讲究，他用手压住吸墨纸的垫板——这应该算是个还不赖的监狱。

我进屋的时候，他正揉着太阳穴抬起头来。

"太热了，安妮！我写不出什么好东西来。不知道为什么，虽然日头不错，可这天气真是难过，让人无精打采。没了精神气的糟糕的一天啊。"

"是吗？"

我用近乎央求的语气立马打断了他的话。他用柔顺的小动物的美丽眼睛茫然地看着我……

"是啊,我今天真是凑不齐我的六十行字了。"

"您在抱怨,莱昂。"

他习惯性地、懒洋洋地耸耸肩。

"进展得怎么样了,您的小说?"

他捋了捋山羊胡,话里透着不明显的虚荣,正如他暗淡的创作天赋:

"还行……和其他的差不多。"

"跟我说说结局。"

莱昂欣赏我身上容易入迷的女听众素质,对上流社会的通奸、豪门贵族的自杀和王孙公子的破产能表现出些许聊胜于无的兴趣……

"还没定好。"我可怜的妹夫叹口气道,"丈夫夺回了妻子,可她已经品尝过自由的滋味了,心野了。如果最终让她留下来,小说可能更具文学性;可玛尔特说要增加销量就得让她他妈的再滚出去……"

莱昂还保留着以前做记者时的习惯,爆了几个脏字,吓了我一跳。

"长话短说,她到底会不会离开?"

"当然啰!"

"是啊,她必须走……"

"为什么?"

"因为她'尝过自由的味道'了……"

莱昂一边数着页数,一边无奈地笑了笑。

"您能说出这种话真是有些奇怪。玛尔特在富丽兹咖啡馆等您。"说着他又拿起羽毛笔,"亲爱的,您不会怪我撵您走吧?我十月份就得交稿,所以……"

他指了指一叠还很薄的发黑的纸。

"干活吧,我可怜的莱昂。"

"夏尔,去旺多姆广场。"

玛尔特是富丽兹咖啡馆的常客,尤其钟爱五点的下午茶。而我偏爱印蒂街的下午茶,低矮的咖啡馆里飘荡着蛋糕和姜饼的味道,用餐的是一群戴假珍珠项链的英国老妇人,混杂着一些赴秘密约会的半上流社会人士。

玛尔特爱极了富丽兹咖啡馆里长长的白色走廊,每次穿过走廊时,她就佯装成正在找人的近视眼，她咄咄逼人的灰色眼眸从她踏入门槛的那一刻起装得若无其事，实则偷偷地计算和打量着熟客，找到他们，观察他们，记住帽子的式样以便回家依葫芦画瓢，且从未失败过……

我的心理怎么如此丑陋！自从阿兰离开后，玛尔特陪我，给我温暖，替我解闷，可我竟然把她往坏处想……事实是，每当我必须独自一人穿过富丽兹那可怕的长廊时，我就会发抖，因为我暴露于用午餐的顾客的目光之下，那目光炙热得可以吞下他们的邻座。

这一次依然如此，我从腼腆中鼓起勇气，自顾自沿着矩形的大厅大步往前走，脑海中涌现出一些疯狂的想法："我要踩着裙摆了，我要扭伤脚踝了……我的拉链也许裂开了，一缕头发掉在了脖子上……"以致我视而不见，直接从玛尔特身边走过。

她用洋伞的伞柄钩住我，大声地笑起来，让我极度难堪：

"是谁在追你啊，安妮？你好像第一次约会的姑娘。来，坐下，把伞给我，把手套脱了……哦哟！你又得救了！看你这脸色，受苦了。看你惊魂不定的样子，在躲谁呢？"

"所有人。"

她轻蔑又同情地打量着我，叹了口气：

"我真担心拿你没办法。你喜欢我的帽子吗？"

"是的。"

我毫不迟疑地回答了"是"。

我刚刚缓过神来，还没来得及看玛尔特。她的帽子，这种兜着脸的夏洛特·柯黛[1]式的打褶平纹细布帽？也许确实是顶帽子吧。无论如何，这很成功。上等细麻布做的裙子，不可或缺的方巾下露出乳白色的脖子，搭配她今天一七九三年的服装风格。她还是那个玛丽·安托瓦内特[2]，但已经是圣殿塔监狱里的落魄样子了。我是绝不敢化装成这个样子出门的！

---

1 夏洛特·柯黛（Charlotte Corday，1768—1793），法国大革命恐怖统治时期的重要人物，温和共和派的支持者，策划并刺杀了激进派领导人马拉，被逮捕并杀害。
2 玛丽·安托瓦内特（Marie Antoinette，1755—1793），原奥地利公主，路易十六的王后，大革命期间被革命法庭判处死刑，死于断头台。

她得意地扫视四周，没有几个男人敢对视这种目光。她轻松地嚼着烤肉，看着，说着，让我心安也让我茫然。

"你从我家里来？"

"是的。怎么了？"

"你见过莱昂了？"

"是的。"

"他在干活？"

"是的。"

"必须这样，他十月份要交稿。我这里的账单数额可不小……有阿兰的消息吗？"

"来了份电报……他说会有信来的。"

"你知道我们五天后出发吗？"

"随你，玛尔特。"

"'随你！'上帝啊，你可真够无趣的，我亲爱的安妮！快看，玫瑰卷心菜。她的帽子出糗了！"

帽子在我小姑子的生活中占有举足轻重的地位。此外，玫瑰卷心菜是个漂亮的年轻女人，非常丰满，玛尔特说得没错，她确实没有把帽檐的造型整理好，她的帽子出糗了。

玛尔特乐得直跺脚。

"她想让我们相信她在勒布[1]店里大出血了!她最好的朋友舍斯奈跟我说,她把她婆婆的所有时髦帽子里的商标都拆下来缝到自己的帽子里头。"

"你相信吗?"

"我们要先往坏处想,接下去我们总有时间打听清楚……呀,真巧!那不是雷诺和克罗蒂娜吗?我来叫他们。莫吉也和他们在一起。"

"可是,玛尔特……"

"可是什么?"

"阿兰不喜欢我们过多接触雷诺和克罗蒂娜……"

"我知道。"

"所以,我不能……"

"你丈夫都不在这儿,没关系的……是我请你来的,不关你的事。"

总之,是玛尔特请我来的……噢!我的《日程

---

1 卡罗琳·勒布(Caroline Reboux,1837—1927),法国著名女时装设计师和女帽设计师,推动宽檐女帽的再度流行,在19世纪中期成为与无边软帽同样时尚的女帽款式。

表》！我应该会被原谅的。

克罗蒂娜看到了我们,在离我们三步远的地方朝玛尔特激动地大喊:"你好啊,金发姑娘!"众人侧目。

雷诺跟在妻子身后,纵容她所有的疯狂。莫吉停住脚步。我不是特别喜欢这个莫吉,但还受得了他喝醉酒时的无赖相,有时甚至还觉得挺好玩。这些话我是不会对阿兰说的,因为他这样循规蹈矩的男人似乎对莫吉这样戴宽檐大礼帽、衣冠不整的胖子很是反感。

莫吉行动起来像一只白色的母鸡。

"克罗蒂娜,您喝茶吗?"

"哇,不要茶!我喝茶没精神。"

"要巧克力吗?"

"不……我想来点十二苏[1]一升的葡萄酒。"

"来点……什么?"我诧异地问道。

"嘘,克罗蒂娜!"雷诺轻声咕哝,从白胡子底下露出微笑,"你要带坏桑萨姆太太了。"

---

[1] 法国旧币名,相当于 1/20 法郎,即 5 生丁。

"为什么呀?"克罗蒂娜很惊讶,"十二苏一升的葡萄酒又不是什么坏东西……"

"小丫头,可不是这儿。下次我们两个人,就我们俩,去特吕丹大街上那家鱼龙混杂但是热闹的小酒馆,我们趴在吧台上喝,高兴了吧?(他压低声音)我亲爱的小鸟儿!"

"好,好!啊!我喜欢!"不拘小节的女人喊道。

她注视着她的丈夫,目光里满含天真无邪的激情和对爱人的崇拜,以至于我突然惊讶地发现自己有股想哭的冲动,气都透不过来。如果我问阿兰要一杯十二苏一升的酒,他给我的会是……卧床休息和吃溴化物的命令!

莫吉那被洋酒氧化了的小胡子凑了过来。

"夫人,您看上去受不了温吞吞的茶和令人作呕的巧克力手指饼。您在富丽兹是觅不到强心剂的。这里供应的酒会让最底层的炊事兵伤了身子……即便克罗蒂娜夫人要的六十生丁的'克拉雷'酒只能让我笑笑罢了……您需要的是一杯漂亮的绿。"

"一杯漂亮什么?"

"那就说一杯蓝吧,可能更好听些。儿童饮用的潘诺酒。我主持一个名叫'苦艾的权利'的妇女工会。会员们要的,就不需多言了。"

"我从没有喝过这个。"我觉得有点恶心。

"啊!"克罗蒂娜嚷道,"安妮乖乖,有那么多东西都是您从来没尝过的!"

她话中之意让我尴尬,直冒傻气。她笑着看向玛尔特,玛尔特白了她一眼。

"要培养培养她,这件事我们可得指望'温泉城的闲适生活'了,莱昂最新的一本小说里就要写这个。"

"是《心殇》吗?"莫吉迫不及待地插话道,"夫人,这是一部伟大的作品,流芳百世。用烈焰般的文字描绘受诅咒的贵族爱情,用苦胆里浸过的笔墨刻画情人的痛苦!"

玛尔特,她,她怎么能噗哧笑出声来?!他们四个人正在嘲笑那个每天煎熬着憋出六十行字的可怜人……我如坐针毡,不免愤愤然,但勉强表现出开心的样子;我盯着我的茶杯底,然后偷偷地抬

头看了克罗蒂娜一眼,与此同时,她也正一边看着我,一边咬着丈夫的耳朵轻声说:

"这个安妮,她的眼睛美极了,不是吗?我亲爱的大个子!像野菊苣的花盛开在褐色的沙地上……"

"是啊,"雷诺搭话,"当她抬起眼皮,简直就像脱下衣服。"

四个人用陌生的表情打量着我……我难受得想要尖叫,难受得感到一种可怕的快乐,就像我的裙子一下子掉到地上。

玛尔特第一个摇摇头,扯开了话题。

"雷诺、克罗蒂娜,你们什么时候去?"

"哪儿,亲爱的?"

"那还用说,当然是阿列日。咳,现在只要是个巴黎人,皮肤底下就潜伏着关节炎。"

"如果我的关节炎失眠了,"莫吉一副医生的样子,"我就用威士忌给它冲澡。可您呢,玛尔特太太,您的治疗就是摆样子,赶时髦。"

"根本不是,您真是无礼!我去阿列日是很认真的,二十八天的治疗可以让我冬天吃松露、喝勃垦地葡萄酒、凌晨三点睡觉……对了,下周二拉尔卡德家的晚会,我们都去吧?那可比阿列日有意思。"

"是的,"克罗蒂娜回答说,"那里全是公爵,还有王孙贵族。您会倒立着走过去吧,玛尔特?"

"可以啊,"玛尔特高傲地反诘道,"我的内衣配得上这舞会……"

"况且,"莫吉那藏在小胡子下的嘴嘟嘟囔囔地说,"她底下穿的是闭裆内裤。"

我听到了。所有人都听到了!

轻微的寒意。

"您呢,沉思者?"克罗蒂娜问,"您去阿列日吗?"

沉思者,说的是我……我一惊,我的思绪已经跑远了。

"我会跟着玛尔特和莱昂。"

"我呢,我会跟着雷诺,好让他不去追其他姑娘。(开玩笑的,我的帅小伙!)太好了,我们可以在那儿见面!我可以看着你们喝臭鸡蛋味道的水,可以比较你们每个人的鬼脸,看看到底谁的灵魂更坚强。您喝泉水的时候拉长了脸，说您呢莫吉，您这个肥肚皮！"

他们笑了，而我则心虚地想，阿兰如果在这时候突然进来，看到我和这样一群不搭调的人在一起会是怎样的脸色，即便玛尔特在这里也无济于事。我不可能和这个叫人"肥肚皮"的疯疯癫癫的克罗蒂娜真正交心。

"我不想去拉尔卡德夫人家，阿兰。"

"您要去，安妮。"

"您一走，我就孤零零了……"

"孤零零……我不喜欢夸大其词，我不想和您讨论。可您不是一个人。玛尔特和莱昂会陪您的。"

"您想怎样就怎样吧。"

"我亲爱的孩子，懂点事吧，别把我有用的建议都看作是苦差事。拉尔卡德夫人的晚会可算得上是一场艺术盛典，您要是不参加，坏蛋们可就高兴了……别小看那幢可爱的房子，它可能是唯一一个能让我们碰上一大拨有意思的艺术家的地方……要是您懂得怎么出风头，您可能还会被介绍给格雷菲勒[1]伯爵夫人……"

"啊?"

"不过我可不指望那个,尤其是我不在的时候,您根本不知道怎么表现自己……就这样吧!"

"我该穿什么呢?"

"您那条白裙子,腰带上有细裙褶的那条,我觉得挺合适。安妮,晚会上穿得要尽量简单。您会在拉尔卡德夫人家里看到有些夸张的吉斯蒙达发型[2]和拉帕瑟丽[3]的连衣裙……您的服饰搭配可不能有半点混乱……就打扮成您现在这样子,大方得体。什么也不要添加,不要改动。这算不算是我对您说的贴心的恭维话呢?"

绝对贴心,而我也感觉到了为此付出的代价。

已经一周过去了,可阿兰的话和他决断的嗓音依然声声在耳。

---

[1] 格雷菲勒伯爵夫人(Confess Greffulhe,1899—2005),法国最著名的沙龙贵妇之一,据说是普鲁斯特《追忆似水年华》里盖尔芒特夫人的原型。
[2] 指画家穆夏创作的海报《吉斯蒙达》(Gismonda)中女主角吉斯蒙达蓬松、缀满鲜花的发型。
[3] 科拉·拉帕瑟丽(Cora Laparcerie,1875—1951),法国女演员、女诗人和戏剧导演。

我会在那天晚上穿上白裙子，我会在拉尔卡德夫人家听福莱[1]的悲伤而浅薄、引得异装癖们竞相模仿的音乐……我想起了快乐的玛尔特，她被临时拉去替一位患感冒的漂亮的侯爵夫人救场……我的小姑子在四十八小时内精心裁剪了闪色丝绸，试穿了鲸须紧身内衣，参考了版画，咨询了发型师，排练了里戈东舞蹈[2]……

"好多人啊，莱昂！"

"是啊。我看到了沃伦索夫和古尔阔家的马车……安妮，你能好心帮我把手套上的纽扣扣好吗？"

"可真紧，您的手套！"

"您错了，安妮。它们只是新而已，手套店的营业员一直跟我说：'先生的手像是融化得越来越小了……'"

我没有嘲笑他的孩子气。我可怜的妹夫相当宝

---

[1] 加布里埃尔·于尔班·福莱（Gabriel Urbain Fauré, 1845—1924），法国作曲家、管风琴家、钢琴家以及音乐教育家。
[2] 里戈东（英文 rigadoon，法文 rigaudon），法国舞曲，17 世纪流行于法国南部普罗旺斯省。活泼的四四拍（二二拍）。常用于歌剧中的芭蕾片段或随意编成的组曲中。

贝他的手脚，宁愿忍受各种各样的小痛苦，也不愿意为他被谋杀的手指放宽四分之一的尺码。

从更衣室的门口一直到花园里，涌动着穿着浅色大衣的人潮，我既担心进不去又希望进不去，一时间心神不宁。莱昂巧妙地用胳膊肘硬是为我辟出了一条路来。我进去了，当然裙子也破了。万幸我找到了角落里的一面镜子，我厚重的发带似乎也松开了。我注视着镜子里被夹在两件奢华包裹中间的一部分自己：瘦弱、像有色人种的棕色皮肤，这就是安妮，她蓝得如小夜灯里煤气火焰一般的眼睛是温柔的，但太过恭顺，竟像一个叛徒。

"不错，不错。可怜孩子，今天晚上您可真精神！"

镜子里照出了近在咫尺的克罗蒂娜那神经质的身影和她那飘动起来像一团火焰的低V领黄裙……

我转过身傻傻地问她：

"我刚和莱昂走散了……您没见过他吗？"

这个穿黄裙的女魔头大笑：

"我可没把他带在身上，我的小可怜！您真离不开他吗?"

"离不开谁?"

"您的妹夫啊?"

"那是因为……玛尔特今晚上要演出,我只有跟着他了。"

"他也许死了。"克罗蒂娜一本正经地说,让我毛骨悚然,"没关系,我会好好陪着您的。我们会找到位子坐下,看看那些老女人油光光的肩膀,如果她们敢在听音乐的时候聊天,我们就打她们的头,我还要吃掉冷餐会上所有的草莓!"

这个诱人的计划(抑或是克罗蒂娜令人无法抗拒的权威?)促使我下定决心跟着她。我低着头,迈出了第一步,向着拉尔卡德夫人作画和接待宾客的工作室走去。那里流动着鲜花的香味……

"她把所有的模特都请来了。"身旁的克罗蒂娜悄悄说。

这里四处闪耀着女人的光芒,人头攒动,摩肩接踵,每每有名人进场,女人们的头一转一伸,仿佛一大片沉甸甸的罂粟花在随风摇摆……

"我们根本坐不进去,克罗蒂娜!"

"肯定行,您等着瞧!"

笑眯眯的克罗蒂娜大大咧咧,不知失败为何物。她先是抢得了半张椅子,然后坐上去不断用腰拱,终于把整张椅子占为己有,还在边上为我留出了地方——上帝才知道她是怎么办到的。

"那儿!哎哟喂,好漂亮的花边幕布!啊!我就喜欢那些藏在后面的看不到的东西!哎哟喂,一身红的瓦伦蒂娜·舍斯奈,红到了眼睛,红眼睛兔子……真的吗,玛尔特会上台?还是哎哟喂,拉尔卡德夫人正跳过五十三个女人向我们打招呼呢。您好啊,夫人!您好啊,夫人!是的,是的,我们很好。我们四分之三的臀部有地方靠了。"

"别人都会听到的,克罗蒂娜!"

"让他们听到好了!"这个可怕的小女人回答道,"我又没说什么脏话,我的心是纯洁的,我每天都洗澡。我心安得很!您好,大肚皮莫吉!他是来看玛尔特的领子怎么低到灵魂里的,也许顺便来听听音乐吧……啊!玫瑰卷心菜今晚上可真漂亮啊!安妮,我敢和您打赌,从离她三步远的地方,我就能分辨出她的皮肤在哪儿结束,她的粉色裙子从哪儿开始。多干净的一团肉啊！四苏一斤，那至少也得值十万法郎！不，别去算多少公斤了……瞧那儿，是雷诺，在门里面。"

这时，她的声音突然变得温柔起来，可能连她自己也没有察觉。

"我看不见。"

"我也看不见，只看到一缕小胡子，可我知道那就是他的胡子。"

是的，她知道那就是他。她像只深情而亢奋的小动物，隔着那么多的香水味、热浪和喘息，她依然能嗅出他的味道……啊！他们的爱情每次都让我忧伤！

灯光突然暗去，七月十四日第一枚烟火亮起的时候，人群中迸出一声"啊"的惊呼，随后便是热火朝天的闲聊……舞台上的幕布依然紧闭，但已经传来几声竖琴，如雨滴落下，曼陀林被轻轻拨动，声音有些发齉："噢！姑娘们，来吧，姑娘们……"幕布被徐徐拉开……

"哟！这可合我的口味。"克罗蒂娜自言自语，心满意足。

在灰色浮雕质感的公园背景前，阿曼特、提尔希斯、克里唐德尔、西达利斯[1]、修道院院长、纯真少女和无耻之徒百无聊赖地躺在台上，好像刚从塞瑟岛回来的样子。平稳的秋千上坐着一个轻巧的牧羊姑娘，身着绛紫色衣服的牧羊人朝她表达爱意。一位美人翻看乐谱，凑近了身子唱起爱人用颤抖的手草草写出的情歌……我们半梦半醒，听着不可思议的柔美音乐，但这魔法在遇到里戈东舞蹈前奏的优美和弦时便早早地消失殆尽了。

"真可惜！"克罗蒂娜叹息道。

一对对身着各式服装的男女庄重地列队而出，踮脚、转身、致意。最后出场的侯爵夫人，一身银光闪闪，挎着一位身着天蓝色服装的侯爵。那是玛尔特，她明艳照人，引来台下一阵啧啧的称赞声，我几乎认不出她来了。

爱美的欲望让她焕然一新，红棕色的头发闪闪

---

[1] 阿曼特（Aminte）和提尔希斯（Tircis）是意大利古典喜剧《阿曼特》（1573）中的人物，克里唐德尔（Clitandre）是法国著名剧作家高乃伊《克里唐德尔》（1630）中的人物，西达利斯（Cydalise）为法国芭蕾舞剧《西达利斯与牧神》中的人物。

发亮，像在灰烬中未尽数熄灭的火星。她明亮的眼睛因妆容而显得苍白，丰满得像苹果一样的胸脯裸露到极致，她严肃地踩着危险的高跟鞋左右侧身，弯腰致意，举起满是脂粉的小手，在侧身的刹那向观众中投射出交际花尼侬一般的可怕目光。即使是虚假的美丽，即使是肤浅的优雅，玛尔特也让身边所有跳舞的漂亮女人黯然失色。

她想成为最美的……可我，我也想啊，可怜的安妮！悲壮的音乐正在嘲笑你、削弱你、勒紧你，直至流出泪来，而你要压抑住自己的情绪，忍住眼泪，去想灯火即将冷酷地照亮全场，去想克罗蒂娜审慎的目光……

我最亲爱的安妮：

　　我在上船前收到了您的信，请您原谅我这封信写得太简短，那都是因为出发得太匆忙。我很高兴地知道您现在变得如此勇敢，循规蹈矩地过着好女人该有的简单生活：您的丈夫、您的家庭还有您漂亮整洁、井井有条的住所。

我觉得我可以而且应该从远方赞美您。不要因此感谢我,安妮,因为这于我而言就像是在欣赏自己的作品:一个可爱的孩子何以一步步、不费吹灰之力地被培养成一个无可指摘的少妇和一个完美的家庭主妇。

这儿的天气好极了,我们期待航行顺利。请您祝福我一帆风顺地到达布宜诺斯艾利斯。您知道我身体很好,我不怕晒太阳。如果我的信很少或是不规律,请不要紧张。我也会告诫自己不要过于急切地盼望您的来信,虽然它们在我心中珍贵无比。

我亲爱的安妮,我用不可动摇的爱拥抱您、亲吻您。我知道您不会笑话我的措辞略显正式,因为我对您的感情从不曾肤浅。

您的

阿兰·桑萨姆

我用食指顶着抽痛的太阳穴,痛苦地读着丈夫的来信。因为现在的我正忍受着偏头痛,我几乎被击垮。我的偏头痛差不多定期会发作一次,让我生不如死。我咬紧牙关,闭上左眼,我听到在我可怜的脑子里有一把榔头在不停地锤。每捶打一次,我的眼皮就跳一下。这病让我白天痛苦,黑夜窒息。

以前住在祖母家的时候,我会吸上一点乙醚,直至麻木,可是在我结婚几个月后的某一天,阿兰发现我半昏半醒地躺在床上,手里紧紧攥着一个小瓶子,他便要求我下不为例。他异常严肃地对我说明了乙醚的危险、他对这种"兴奋剂药物"的恐惧,以及偏头痛的无害性:"所有女人都有。"从那以后我便耐住性子尽量忍住痛苦,只用热纱布敷头和普通水疗,虽然那根本没有用。

但今天,我痛得想哭。一些白色的物件——白纸、刷白漆的桌子和我躺在身下的被单让我有一种喘不过气、神经窒息的感觉,这是我熟悉的,也是我恐惧的。我发现盼望已久的阿兰的信竟然是冷冰冰的、毫无感情的,肯定是偏头痛让我的脾气变差了……这信我得留着以后再看。

莱昂妮进来了。她小心翼翼,尽量不弄出声响:她轻轻地推开门,然后砰的一声把门关上。至少她的心意还是值得称道的。

"太太还在疼?"

"是的,莱昂妮……"

"为什么太太不来点……"

"白兰地是吗?不,谢谢。"

"不,太太,是来点乙醚。"

"先生不喜欢我吸食,莱昂妮。乙醚对我没有用。"

"那是先生让太太以为乙醚对太太有害,可要了解女人的痛苦,就不能听男人的。我一犯头疼就会用点乙醚。"

"哎哟!您……您那儿有吗?"

"有一瓶新的。我来给太太找出来。"

那种神奇的、强大的味道放松了我的神经。我躺在床上,把乙醚瓶放到鼻孔下,我哭了,流出了软弱、愉快的泪水。脑子里邪恶的打铁匠走远了,因为现在好像只有一根手指在小心地、轻柔地摁着我的太阳穴。我深呼吸,整个喉咙都是甜丝丝的……我的手腕沉甸甸的。

我的脑海中闪过一些模糊的梦境,有一束光穿过我半张半翕的眼皮,照进每一个梦境。我看见了八年前的夏天，穿着网球服的阿兰，白色的背心被他的皮肤衬出了粉色……而我自己变成了那时青春逼人的安妮，梳着厚重的辫子，辫尾微微地打着卷。我摸着阿兰映出粉色的背心，就像摸着和我一样暖暖的、真实的皮肤，这让我心跳加速。我含糊地对自己说：阿兰还是个小男孩，没有关系的，没有关系的，没有关系的……他颤抖着，听任我的触摸。贴着他红得发烫的脸颊，安妮长长的睫毛又低垂了下来……在指尖下，他的皮肤滑得像天鹅绒！没有关系的，没有关系的……

可是，一枚网球飞了过来，重重地打在了我的太阳穴上，我一把接住它，白色的、暖暖的网球……有一个发蘸的声音凑到我耳边宣布："这是一枚公鸡蛋。"我竟然一点也不惊讶，因为阿兰就是一只公鸡，一只印在盘子上的红公鸡。他一边用骄傲的爪子刮擦盘子的釉彩，发出令人抓狂的嘎吱声，一边唱着："我，我，我……"他在说什么？我听不见。那束蓝灰色的光把他像法国总统胸前的绶带一样一分为二。然后便是黑暗，黑暗，美妙的死寂，张开翅膀，缓缓落下……

可耻啊，可耻，是的，安妮，只能这么说你！彻头彻尾地违背了阿兰的意志。他不让我碰这个能乱我神志的乙醚，他是对的……两个小时后，我独自一人对着镜中的自己卑微地自责。我坐在梳妆台前，把散开的头发重新梳理系起。我的脑子里一片空白。黑眼圈、苍白的嘴唇，尽管一整天未进食却依然食欲不振，这一切都只是在控诉我贪食了心爱的毒药。哎哟！乙醚蒸汽冷却后附着在窗帘上，需要空气去吹散，需要我去遗忘，如果可以的话……

我的窗户在三楼，面对着一片凄凉的景色：窄窄的院子，洗刷干净的阿兰的马，一个穿着格子衬衫的胖马夫。听到我推开窗子的声音，一条坐在路边的黑色斗牛犬抬起了它方方的脸……怎么是你，我可怜的托比！被放逐、受屈辱的托比！它站在那儿，小小的、黑黑的，关于它被切断的尾巴的回忆向我涌来。

"托比！托比！"

它跳起来，发出呜呜的叫声。我探出头去喊：

"夏尔，请把托比从侧梯送上来。"

不等夏尔反应过来，托比已经撒开腿跑起来。

一分钟后,可怜的黑色斗牛犬已趴在我的脚下。它全身发抖,卑微而温柔地亢奋着,伸着舌头,瞪着眼睛……

去年我从雅克·德拉瓦里斯的一个马厩工人那里把它买下来,因为它真的是一条漂亮的斗牛犬,只有八个月大,脸还未长成方方的样子,不显鼻子,眼睛清澈,单眼皮,两只耳朵像小号角一般。我骄傲地把它带回家,又有些许忐忑。阿兰没有恶意,他像个内行似的上下左右地打量着它。

"您是说一百法郎吗?不算贵。这下马夫可高兴了,因为那些耗子都快要把整个马厩掀翻了。"

"马厩!可是我买它不是为了马厩啊!它很漂亮,我想把它留在我身边,阿兰……"

他耸耸肩说:

"留在您身边?把一条马厩里的斗牛犬留在路易十五装饰的客厅里,或是放在您床上的花边被褥里,您没弄错吧?要是您真的想要一条狗,我亲爱的安妮,我会给您找一条毛茸茸的小哈瓦那犬放在客厅里,或是一条大斯卢夫猎犬,斯卢夫犬应该会和这里的风格比较搭。"

他摇了摇铃,向儒勒指指我可怜的黑托比,它正在天真地啃着扶手椅上的橡树果装饰物。

"把这条狗带给夏尔,让他去买只狗项圈,然后把狗洗洗干净,再告诉我它逮老鼠的功夫怎么样。这狗就叫托比吧。"

从那以后,我只能透过窗户看托比。我看着它受苦,看着它思念我,因为我们从相见的第一眼起就相爱了。

有一天,我留了一点鸽子骨头,悄悄地带到院子里给它。回房时我很难过,不过我自以为在向阿兰坦白我的弱点时已经控制住了这种情绪。阿兰并没有埋怨我。

"安妮,您还没长大吗?如果您愿意的话,我会叫夏尔在您有几次出门坐车的时候把狗带上,放在您的位子底下。可是我绝不想在房间里看到托比,绝不,知道吗?好好听我的话。"

今天,仅仅向阿兰坦白托比出现在我们的卧室里不足以卸下我心头的所有烦恼,或更坦白地说,是所有的内疚。在过去的一个礼拜里,让我颤抖的是在我吸食罪恶而美妙的乙醚后迷迷糊糊发生的一连串琐事。

　　睡在这暗粉色的地毯上吧,黑托比,呼着长长的气,心怀感动地睡吧:你不用再回马厩了。

四

阿列日。

一种夹杂着橙花和巴雷日[1]浴的味道透过我敞开的窗户钻了进来。"本地味道",一个侍应生一边装行李一边好心地向我解释道。我早料到了。玛尔特向我保证说四十八小时后大家就会习惯的。如果说习惯旅馆门口的篱笆里种着的橙树的花香,那好吧;可是要习惯另一种味道,沾得满身都是的硫化物气味,那就太可怕了!

我支着胳膊,已然一副萎靡不振的样子。莱昂妮披着旅行用的毡子,这让她看上去像个宪兵,她打开我的草编大行李箱,把我从巴黎带来的银器办展览似的一个一个拿出来。我为什么来到这里?比起这里四面空空的灰色基底上粉色的石灰墙,我觉得在巴黎倒没这么孤单,在那里我可以待在我黄色的卧室里,有阿兰的画像陪着我。这里有一张铜艺

---

[1] Barège,位于法国南比利牛斯大区,17世纪初开始以温泉著名。

的床，我满腹狐疑地检查着陈旧的床上用品。厕所太小，一张写字台被我改成了梳妆台，而一张呈 X 形的折叠桌被我改造成了写字台，还有几把扶手椅和涂了高光漆的椅子……我得在这里过上几天？玛尔特说"看情况"。

看什么情况？我不敢再问下去。

我听到从铺着石板的走廊另一头传来玛尔特具有穿透力的声音和莱昂隐隐约约的回答，后者的声音传不到我这里，却构成了句与句之间的间隔。在这里，我与世隔绝，对一切皆已麻木，对玛尔特、对阿兰、对痛苦的将来、对流逝的时间……

"下楼吧，安妮？"

"啊！玛尔特！你吓了我一跳！可我还没有准备好。"

"你都在磨蹭什么呀，老天爷！没有洗漱、没有梳头？求你了，别这么病恹恹的。"

我的小姑子已经精心打扮完毕，像是要去富丽兹咖啡馆一样，神采奕奕、妆容整洁、脸色红润。坐了十一个小时的火车，她却全无车马劳顿的倦容。她声称要去公园里"听音乐"。

"我抓紧时间,那莱昂呢?"

"他在洗他圣洁的身体呢。来吧,安妮,快点。你又磨蹭什么呢?"

穿着紧身上衣和衬裙的我正在犹豫要不要在玛尔特面前脱得一丝不挂。她看着我,像是看一只珍稀动物。

"哎哟!安妮,圣女安妮啊,这世上真是没有第二个你这样的傻瓜了!我转身,你就折腾吧,不用紧张。"

她走到窗户边上。可这房间本身让我不安,我看着镜子里的自己,棕色的皮肤,高高的个子像颗椰枣……玛尔特突然无耻地转过头来。我惊叫,用双手紧紧护住潮湿的两肋,我蜷曲身体,恳求她……她似乎没有听到我的话,好奇地和我开始争辩:

"奇怪的女人!你显然不是法国人,你像埃及镶嵌画里的妇女……或是一条站立的蛇……或是只粗陶瓮,总之能让人大吃一惊!安妮,我觉得你妈妈和某个赶驴的埃及人上过床,你没法让我打消这种念头。"

"求你了,玛尔特!你清楚我受不了这种玩笑……"

"我知道。拿着你的衬衫,大傻瓜!你这种年纪还弄得像寄宿学校的小女生似的!只要时兴,我可以在三千人面前脱光衣服。干吗要把最好的藏起来!"

"是吗?舍斯奈夫人肯定不同意你的观点!"

"那当然!(你不喜欢她吗?真有意思。)她会赶时髦,用圣带遮住胸脯,一直裹到膝盖。"

闲聊让我不知不觉间加快了速度,并且打消了我幼稚的羞耻心。玛尔特总有办法取得谅解,这就是天赋。

我对着镜子系好白色珠罗纱的胸带,玛尔特则靠在窗前向我描述眼见的一切:

"我看见,噢!我看见一些漂亮的球……我看见莱昂在找我们,他真像一只走丢了的卷毛狗……他以为我们去听音乐了,正好甩掉他!"

"为什么?"

"怕他烦我!我看见一个怪异的老太太,全身上下都是瓦朗谢讷[1]花边，可满脸的褶子像极了一只老香蕉苹果……我看见几个傻男人的背影，他们戴着皱巴巴的巴拿马帽，看上去像做砸了的蛋白霜……我看见，啊！"

"什么？"

"喂，喂！真巧啊，是的，是的，是我们，快上来！"

"你疯了，玛尔特！所有人都在看你。你在和谁说话？"

"和小冯·朗艮冬克。"

"卡里奥普？"

"是她！"

"她也在这里？"

"应该是，我刚才叫了她。"

我不由自主地皱皱眉头：又是一个阿兰希望断绝来往、避之不及的人。但原因并不在于这个塞浦路斯的小女人（即瓦隆先生的遗孀）是和舍斯奈一样的话题人物，而是因为我的丈夫认为她美得过于

---

[1] Valenciennes，法国北部城市名，以花边织造业闻名，其花边产品也因地而得名。

张扬和呆板，让他觉得不协调。我本不知道关于美还有约定俗成的条条框框，但我的丈夫言之凿凿。

卡里奥普·冯·朗艮冬克，人称"湖蓝色眼睛的仙女"，人还未至，就已经听到衣裙优雅的窸窸窣窣的摩擦声。她像演戏似的进场，热情地亲吻玛尔特，我的耳朵里充斥着她说话的声音，满眼是她曳地的花边、像标枪一般闪闪亮的护卫着眼睑的睫毛和流转的水蓝色目光。这目光随后看向我。我为自己如此不具膨胀感而感到羞愧。我给她搬来一张扶手椅，而这时玛尔特已经丢出了问题。

"卡里奥普，您今年又是拉着哪个有钱大款来这里的？"

"What is '大款'[1]？啊！对了……没有大款。我一个人。"

她常常把别人刚说的话重复一遍，貌似陶醉在倾听和翻译的过程中，为自己斟酌答词创造时间，这算不算一种做作或狡猾呢？

---

1 英语，意为"什么是'大款'"。

我还记得去年冬天她讲话时混杂着希腊语、意大利语、英语和法语，说得太过流利，不着痕迹而显得不够真诚。她着了魔似的热衷于被克罗蒂娜戏称为"巴别塔派头"的游戏，这种矫揉造作、令人费解的语言混合体能吸引他人的注意，为她平添一分魅力。

"一个人？去和别人说这鬼话吧！"

"真的！要永葆美貌需要 anno[1] 来休养两个月。"

"安妮，她现在保持得不错，是不是？"

"噢！是啊。您从没有像现在这么漂亮，卡里奥普。阿列日的温泉水对您有用，不是吗？"

"温泉水？我 never[2]，从不……"

"那为什么……"

"因为这儿的海拔太合适了，因为我能遇到熟人，因为我可以省下美容的钱。"

"真是个妙人！可是，硫对皮肤好吗？"

"不，劣性反应，对皮肤 movais[3]。我有土耳其

---

1 意大利语，意为"每年"。
2 英语，意为"从来不用"。
3 原文如此，应为法语单词"mauvais"，意为"有害"。

的护肤秘方。"

"快说啊,我等得喘不过气来了,相信安妮也急得浑身湿透了。"

把所有的东西都落在塞浦路斯的卡里奥普像医生一样摊开光洁的手。

"您取手套上的老式珍珠纽扣,把它们放到一个 avgothiki[1] 里,就是蛋杯的意思,然后取一个柠檬榨出汁淋上去。第二天,它就成糊状了……"

"'它'是指?"

"纽扣和柠檬。您把这个糊抹到脸上,皮肤就会变白,比那个什么还白……"

"别想词儿了,卡里奥普,万分感谢。"

"我 ancora[2] 秘方清除衣物起球……"

"不,够了,上帝啊,足够了!别在一天里全说完!您来阿列日几天了?"

"来了……一、due[3]、three[4]……七天。我很

---

[1] 希腊语。
[2] 意大利语,意为"还有"。
[3] 意大利语,意为"2"。
[4] 英语,意为"3"。

heurese[1] 遇到你们！我可不想再离开你们。刚才你们从 wind[2]……窗口突然叫我，我 spavento[3] 了一下，伞都 drop[4] 下来了。"

我彻底投降了。面对如此亢奋的多语种混合体，阿兰也会受不了的。但如果这个快乐的女人能让我漫长的"温泉季"变得短暂，她想见我几次就几次吧，我毫无异议，只要还在阿列日。

玛尔特真不应该拖着我在这音乐亭周围转悠！偏头痛已让我苦不堪言，现在，所有投向我们的目光就像射在我的皮肤上一样，留下斑斑印记。那些人都是来阿列日泡澡或喝温泉水的，他们食人魔一般的目光似乎可以把我们生吞活剥。我病态地惧怕这帮无所事事、闲极无聊之徒的闲言碎语和窥探告密。庆幸的是这里熟面孔不多，除了小朗艮冬克夫人、雷诺和克罗蒂娜，但雷诺夫妇要在三天后才到，他们预留了房间。

---

1 原文如此，应为法语单词"heurueuse"，意为"高兴"。
2 英语单词"window"的一部分，意为"窗户"。
3 意大利语，意为"惊吓"。
4 英语，意为"坠落"。

这个房间何其简陋！灯泡裸露着从天花板上垂下来，挂在我空荡荡、死气沉沉的床的上方……我感到孤独、很孤独、孤独得想哭，只有把莱昂妮留下来给我拆发髻才能感觉到有熟悉的人在我身边……来吧，我的小黑托比，热乎乎的、安安静静的小狗，你喜欢待在我的影子里，趴在我的脚边，你在漫长的旅途中急躁不安，常被天真的噩梦惊醒……也许在你的梦中还有人想把我们分开……

别怕，托比，你严厉的男主人如今正睡在无色的水面上，因为他不会错过上床的时间，正如他遵守生命中其他的时刻表一样。他为秒表上了发条，他放平他那浴缸般冰冷的高大且洁白的身躯。他会想起他的安妮吗？他会在深夜里叹息吗？他会在黑暗中醒来吗？在深深的黑暗里，他放大的瞳孔会充盈着连续不断的或金或粉的新月光芒？就在这一秒，他是否会呼唤他乖乖的安妮？那个只有在我想象中见过、拥有过的阿兰是否会带着痛苦的微笑找寻玫瑰和白石竹的香味？不，不会的。透过这空气，透过这距离，我能感觉到……

我们睡吧,我的小黑狗。玛尔特正在打巴卡拉牌[1]。

我亲爱的阿兰:

我正在习惯旅馆的生活。我希望我的努力会让您高兴,因此每次我战胜自己的倦怠都是为您争气。

我比那些做温泉疗养的人更觉得日子漫长。玛尔特和平时一样精力充沛,她接受了一种非常艰苦的淋浴和按摩。莱昂一个人喝酒,而我就看着他。

我们遇到了冯·朗艮冬克夫人,她独自一人在此地。相信我,亲爱的阿兰,我根本无意和她相遇。玛尔特热情地接待了她,她还说温泉城的友谊一到巴黎便荡然无存,这是世上最容易不过的断交了。我希望您能对这种泛泛之交放心。另外,她住在赌场旅馆,而我们住在大旅馆里。

---

[1] baccara,一种扑克牌赌法,类似二十一点。手中牌面点数之和的个位数越接近九,胜算越大。

此外，我想雷诺和克罗蒂娜夫妇不日即将到达，对他们避而不见几乎是不可能的，而且我发现您好像觉得那个丈夫还差强人意，因为他是个世界通。至于和他妻子相处，我们会三思而后行的，这一点我相信玛尔特，她和您一样，身上有一种做出正确决定的直觉。

我就跟您说我们的事，亲爱的阿兰，您曾经告诫我不要用善意却毫无用处的叮咛来烦您。我想让您知道，我们六点四十五分起床，七点的时候已坐在乳品店的小桌前，店员当着我们的面挤出起泡的热牛奶，我们一边喝着牛奶，一边看薄雾升起，后又被阳光散去。

七点一到就应该吃早饭了，因为淋浴是在十点钟。大家跳下床去来到那里，甚至都来不及简单梳妆一下，不是所有女人都能气定神闲。我很佩服玛尔特，她竟然受得了如此严酷的考验。她披着褶裥滚边的雪白斗篷，就像裹在细麻布和薄绸里，衬托得她明艳无比。

您的安妮没有刻意炫耀自己，她穿着套装裙和软绸的宽松短袖，即便没有穿紧身内衣，身材也变化不大。她的辫子用一根白丝带盘成发髻，戴着钟形的草帽……这种打扮是不会引起骚动的。

我们喝过两杯奶，吃下好几个羊角小面包，在花园里散过步，然后回到旅馆写信、梳妆，十点该是淋浴的时候。玛尔特消失了，我独自一人待到中午十二点，我散散步、读读书、给您写写信。我努力想象您的生活、您的船舱、海的味道、螺旋桨击水的声响……

再见，阿兰，请珍重，收藏好对我的爱。

您的安妮

这是我能写给他的所有话。其间，我中断了整整二十次，我的笔头很笨拙……我究竟是怎么了？我本该是写"坦诚"的，怎么用了"笨拙"？

可是我能把一切坦诚相告吗？虽然我的丈夫远在天边，可我还是怕惹他生气，怕他知道卡里奥普其实就住在我们边上，莫吉三天前就到了，和我们形影不离……克罗蒂娜和她的丈夫坐火车五点十分即将到达……我怯懦地想等到阿兰回来我再如实相告，到那时只需发个誓便可。他不会看到卡里奥普每天早上穿着优雅的睡衣坐在奶品店里，如此随意，如此优雅，以至于我都不得不在对她说话时移开目光：珠罗纱顺着曲线滑下，装点着廉价饰物的皮袄敞着领子，露着皮肤，凌乱的头发用别致的金黄色头纱包裹住。可是昨天早晨，她来的时候却是裹成一团，套着一件银灰色的丝绸防尘外套，密不透风，得体得竟让我大吃一惊。在我们身边，巴拿马帽和格子鸭舌帽们甚是遗憾，纷纷找寻漏网的琥珀色皮肤。

我对她改正后的着装恭维了几句。她哈哈大笑，嚷嚷道："我知道！我是不得已为之啊，因为我里边没穿衬衫！"

我一时不知如何自处。鸭舌帽和巴拿马帽们纷纷凑到她身边打招呼，动作僵硬得像牵线木偶。

所幸卡里奥普是一个人。可真是一个人吗？嗯！我有时候和她一起走路，会遇见一些很不错的男士，他们客气而谨慎地转过脸去，不露声色地表现出某种漠视，而卡里奥普则挺直小小的身子，眨眨扇形的睫毛，抛去一记媚眼。她曾经想教我这个招数，没有成功。

淋浴时间拉近了我们的距离，且起到了清场的效果。这时候的莱昂会特别沮丧，常常坐到我们的桌子这边，不时地系上一些不搭调的领带，穿出几件颜色鲜亮的背心，很配他暗沉的脸色。他常常隔一刻钟就走开一会儿，去喝四杯温泉水。他给卡里奥普写了一篇文学随笔，请她指教。令我极度惊讶的是，卡里奥普接过时流露出一种鄙夷，尽管她试图掩饰，但她的蓝眼睛流露出冷冰冰的目光，居高临下，仿佛在说："这个奴隶想干什么？"

还有……玛尔特。是的，玛尔特。我仍然在犹豫该不该写下这件事……那个莫吉跟在她身后形影不离，她忍受着这种如影随形，仿佛从未发觉有此人存在。可我不相信。玛尔特闪亮的灰色眼睛能洞察一切，侦听一切，抓住他人目光背后的思想。她怎么会任由那个每天对她问安两次并恋恋不舍道别的家伙将胖乎乎、细嫩嫩的手放在唇边向她飞吻？莫吉身上一股酒味。好吧，他是很聪明，会说不冷不热的笑话，这种知识还算丰富。阿兰还告诉我他击剑时腕力惊人，即使喝了苦艾酒以后手也丝毫不会发抖。可是……那又怎样!

玛尔特以此为乐,我想是的。她卖弄风情,只是为了看到裙下之臣直愣愣的目光,目不转睛,继而沉沦。她以此为乐……

我刚刚陪玛尔特去淋浴,现在还在发怵。

那是一个天然杉木构筑的可怕的小房间,所有的隔板都是湿漉漉的,房间里渗透了硫的味道和水蒸气。我坐在一扇木屏风后,见证了这场不知名的淋浴按摩酷刑。一眨眼的工夫,玛尔特就脱光了衣服。我眨巴着眼睛看着面前这具毫无羞耻感的白皙裸体。玛尔特和阿兰一样白,但皮肤表面更透着粉色。她没有因不安而哆嗦,她转过身,不害臊地把屁股对着我,臀肌有深深的凹陷。与此同时,她戴上一顶橡胶软帽,一直遮到鬓角处,那是一种可怕的束发帽,类似粗鄙的包头巾。

然后,她转过身来……我呆住了,这是一张略去了鬈发的美丽女人的面孔:一双犀利到疯狂的眼睛,短而硬朗的下颌,常见的突兀眉弓,我找不到那个我原来认识的玛尔特,眼前的这张脸让我害怕。这张令我恐慌的面孔笑了,她的躯体娇美、丰满，太过女性化，夸张的凹凸曲线。

"嘿！安妮，你站着睡着了吗？"

"不，我只是受不了，这屋子，还有这帽子……"

"哟，卡特琳娜，我这嫂子很勇敢，您不觉得吗？我们来好好冲个澡吧，用大水柱，行吗？"

我惊奇地打量着这个雌雄莫辨的卡特琳娜，她穿着防水围裙，踩着一双木底鞋，一笑起来，露出红红的牙床。

"夫人可以躺下来吗？一刻钟的计时已经开始了。"

"好嘞，好嘞。"

我一开始并未注意到那儿倾斜着一个类似敞口棺材的装置，只见玛尔特一跳，跨过侧板，躺了进去，两手放在胸前以便抵御过于强烈的水流冲击力。日光自上而下照亮了她皮肤里的血脉，雕刻出纤细的褶皱，突然又触摸到她身上一丛卷曲的红棕色的金光……在暗处的我脸红了，因为我之前从不知道玛尔特的体毛竟如此之重……现在我的脸愈加通红，因为我想到了阿兰的身上也有一丛茂盛的和铜一样的金粉色。玛尔特闭上眼睛等待受刑，她的手肘颤抖着。雌雄莫辨的卡特琳娜把两根从天花板上垂下来的粗粗的橡皮管子对准她……

尖叫声、哀求声顿时响起……比我的手腕还粗的冷水柱垂直地打在玛尔特身上，从胸口一直冲到脚踝。玛尔特像一条被人切断的毛毛虫一般扭曲着身体，嚎叫着、咒骂着、叹气着，牙齿嘎吱作响。随后热水接替冷水，稍稍有缓和安抚的作用。

那个人一手帮玛尔特洗浴，另一只强悍的大手毫不留情地拍打玛尔特细嫩的身体，皮肤上立即留下了灼痛的红印子。

经过五分钟的可怕折磨后，玛尔特被披上一条大大的热浴巾，用来擦干身体。玛尔特脱掉了丑陋的束发帽，气喘吁吁地看着我，眼角挂着硕大的泪珠。

我嘶哑着喉咙，问她是否每天早晨都是如此。

"每天早晨都是，我的小乖乖。对了！克罗蒂娜去年曾宣称'世上没有比这个和地震更能让血液加速澎湃的'。"

"噢！玛尔特，太可怕了！这比木棍子还粗的水柱让你又哭又嚎的……太恐怖了!"

衣服穿到一半,玛尔特转过身对我偷偷地露出一个奇怪的微笑,她的鼻孔里还喘着粗气:

"我可不觉得。"

这里的饭菜对我而言是一种折磨。我们有两家餐馆可选,且这两家都是赌场所开,因为旅馆自身不提供餐饮,而这座所谓的水城徒有其名,城里有的只是赌场、温泉疗养院和四家大旅馆。游客像寄宿生或牢犯一样赶着去食堂,中午,山里的毒日头能把人烤焦了,这足以让我的胃口消失殆尽。我曾经想过让人把饭菜送到我房间里,但是拿来的只有残羹冷炙。此外,把这件事托付给玛尔特也不厚道,因为对她而言,一日三餐是闲聊八卦的好借口……我说话也像她了!

卡里奥普和我们一桌,同桌的还有我受不了的莫吉。玛尔特和他说话,似乎对他的评论文章很感兴趣,强行索要一篇关于丈夫最新小说《心殇》的评论,以便刺激销售量,同时宣传水城。

莱昂吞下难以嚼烂的肉，贫血的他胃口平平，但他还缠着卡里奥普，后者坚持想赶他回去写每日的六十行字。卡里奥普一脸鄙夷，如同一个公主在蔑视典当行的誊写员。奇怪的小女人！我承认，现在我对她感兴趣了，她说起自己的故事来滔滔不绝，却又有些语焉不详，她搜肠刮肚地在外语中找寻法语中没有的词，我听她的坎坷人生就如听童话一般。

尤其在玛尔特冲淋浴、旁人走开的时候，我倾听她的故事，沉浸其中。我正对着她，坐在乳品店后面的一张柳条编的大扶手椅里。我喜欢一边听她讲述，一边欣赏她可爱的凌乱美。

"我年轻的时候很漂亮。"卡里奥普说。

"为什么说'年轻的时候'？"

"Because[1] 我现在没那么年轻了。我们家洗衣服的老太太总是朝我脸上吐口水。"

"啊呀！太恶心了！您的父母没把她赶出门去吗？"

---

1 英语，意为"因为"。

卡里奥普美丽的蓝眼睛朝我投来鄙视的目光。

"赶出门去？在我们那儿，老太太必须朝漂亮的小姑娘'呸！呸！'地吐口水，这是为了保护美貌，避开邪恶的目光。我也是被保护的Kallista[1]，这就是为什么我母亲在我受洗礼的那天晚上会在桌上摆一桌子饭菜。"

"啊？"

"是的，她在桌上摆了好多吃的东西，然后就去睡觉了。这时候，精灵就来了。"

"谁？"

"精灵。我们看不到她们，她们来吃饭。我们要把每把chair[2]，chiesa[3]，你们怎么说来着？椅子，靠墙放好，因为如果有一个精灵在sit[4]上桌的过程中撞到了椅子的扶手，她会给……给小孩子带来厄运。"

"这些老规矩真有意思！您说的精灵就是仙

---

1 希腊语，意为"最美的"。
2 英语，意为"椅子"。
3 意大利语，意为"教堂"。
4 英语，意为"坐"。

女吗？"

"仙女？我不知道。就是精灵……哦哟！我头疼了。"

"您想吃点安替比林[1]吗？我房间里有。"

卡里奥普手抚着光洁的额头，她的指甲涂成了粉色。

"不，谢谢。是我的错，我没有画十字。"

"什么十字？"

"就像这样，在枕头上画。"

她用手掌侧面迅速在膝盖上画了一系列的小十字。

"您画上一些小十字，要快，要快，然后睡觉时枕在那儿，脏东西就不会打扰您的睡眠，不会有head-ache[2]，不会有任何不适。"

"您肯定吗？"

卡里奥普耸耸肩，站起身：

"是的，我肯定。但是您，您是不信教的人。"

"您去哪儿，卡里奥普？"

---

[1] 一种退热镇痛药。
[2] 英语，意为"头疼"。

"今天是 devtera[1]……星期一。得做指甲了。这个您也不懂了！周一做指甲身体棒，周二做指甲钱财到。"

"就我对您的了解，那您是宁要健康也不要钱财啰？"

卡里奥普已经走开，但她拢住臃肿的裙子花边转过身说：

"我没有偏好……我周一做一只手，周二做另一只手。"

正午和下午五点之间，惨无人道的酷热击垮了所有泡温泉的人。大部分人躲进了赌场宽敞的大厅里，这个大厅和某些现代风格的火车站候车厅很相似。他们坐在摇椅里前后晃悠，打情骂俏，这些可怜人！他们吸着在碎冰里冰镇过的咖啡，听着和他们一样萎靡不振、隐隐约约的乐队演出声，恹恹欲睡。此种可预见的乐趣我是避之不及的，我会尴尬

---

[1] Kathara Devtera 是希腊节日，意为干净的星期一。

是因为这些目光，因为莫吉难听的语调，因为三十来个孩子的喧闹声以及他们做作的童真。

因为我在那儿见过一些小姑娘，十三岁的年纪已经露出小腿，扭动胯部，毫不害臊地利用所谓的孩童特权。有个可爱的金发小姑娘或是骑坐在一个高个表兄的腿上，或是跳到吧台的高凳上，蜷缩着身体用膝盖顶着下巴，她的眼睛洞悉一切，她展示出可以展示的一切，用母猫般冷酷的眼神窥探男人内心可耻的暗流。她的母亲是一个长着酒糟鼻的胖厨娘，她发痴地说："这个年纪的她还是个宝宝！"我每每遇到这寡廉鲜耻的小姑娘便浑身不自在。她想出主意吹肥皂泡，还用一个羊毛绷的拍子追泡泡。各个年龄的男人现在正用烟斗吹着泡，然后满大厅追着泡泡跑，以便能和小姑娘的身体蹭一下，或是偷走她的小吹管，或是趁她弯腰凑到玻璃窗前时拉一下她的胳膊。啊！某些男人的身体里睡着多么卑鄙的畜生啊！

感谢上帝，这里还是有一些真正的"宝宝"：那些露着雪茄色小腿的小胖墩男生，小熊一般的憨厚；那些身材蹿得过快的女孩子，骨骼明显，脚瘦而长,还有更小的孩子,胳膊像粉色的肉肠,一节一节——就像这四岁的小可爱,难受地穿着人生第一条短裤,红着脸,悄悄对严肃而烦躁的女家庭教师说:"是不是大家都知道我尿裤子的事情了?"

我回房间时必须穿过危险的"烈日桌布",它将旅馆和赌场分开。在这穿行的二十五秒钟里,我感受到被灼痛的快感,就像快被热浪卷走似的,我的背上在劈啪作响,耳朵里嗡嗡作声……就在晕倒之前,我躲进了门厅黑暗的清凉里,那里有一扇通往地下室的门敞开着,散发出陈旧木桶的气味和变质红葡萄酒的酸味……然后我回到了安静的房间里,这里已经有我自己的气息了,床也不再可憎,我脱下衣服,只穿着衬衫,一头倒在床上,开始神游,一直到五点……

托比用它红红的舌头舔舐我的赤脚,随后又虚弱地躺倒了。这恼人的轻抚让我发抖,让我有被侵犯的感觉,我的思绪不由得走上了歪路……我半裸的身体使我想起了玛尔特的淋浴,她在粗暴的水柱里挣扎的样子,我丈夫白皙的身体,我梦里的他……我不能再胡思乱想——应不应该挣脱胡思乱想呢?——我跳下床,在两个薰衣袋之间找到了阿兰最近的一张肖像画。

这是什么?这就是我现在念念不忘的人?这个英俊的男孩,我好像并不认识他……坚毅的眉毛,一副高傲雄鸡的姿势!瞧,是我错了,是照相师过度修改了照片吗?

不,这个男人就是我远赴他乡的丈夫。我对着他的画像发抖,一如我面对他本人的时候。如今他把我变成了这副模样:恭顺,对身上的枷锁一无所知。我惴惴不安,执拗地想在我们新婚的记忆里找寻片段,好让我再次哄骗自己,好让我找到曾经以为拥有的那个丈夫。可是没有,我什么也没有找到……除了我可怜的低眉顺目,除了他不带怜惜的屈尊俯就……我想知道,我是在做梦还是在谵妄。啊!混蛋,混蛋!他对我最大的伤害,究竟是他出走远赴重洋之时,还是在他第一次对我说话时就已经开始了呢?

五

玛尔特的房间是我们几个人中最大的,我们在这里,在拉开的百叶窗后等待克罗蒂娜和卡里奥普。前者昨晚和丈夫抵达温泉城,今天破例独自前来,后者应该是来喝茶的。玛尔特今天的约会之所以男士免入是为了"休息"。她的休息就是在原地跳步,摆动翠绿的薄绸裙,那是一种不可置信的绿,极度凸显了她的白,照亮了她蓬松厚重的头发。凹凸有致的上身别着一朵市井常见的、熏过香的硕大粉色玫瑰花。玛尔特总能胸有成竹地在身上搭配出鲜艳而愉悦的色彩。

我发觉她很急躁,目光咄咄逼人而嘴角露出伤心之色。她坐下,用铅笔在一张白纸上迅速地写,嘴里还念叨:

"这里两个路易[1]一天……回去的时候在亨特旅馆就要花上一千五百法郎……那个白痴想路过拜罗

---

[1] 即金路易,此处指第一次世界大战前法国使用的20法郎金币。

伊特[1]回去……过日子真是麻烦啊！"

"你是在和我说话吗，玛尔特？"

"我是在对着你说，但不是说给你听的。我说'过日子真是麻烦'。"

"麻烦……也许是好事。"

她耸耸肩。

"是啊，'也许是好事'，要是你也非得找到五百路易。"

"五百路易？"

"别动脑筋算了，折合一万法郎。要是你必须在三周内，在……在你的裙褶里折腾出这么多钱来，你会怎么办？"

"我……我会写信给我的银行……给阿兰。"

"多简单啊！"

她的语气很生硬，我不由得担心是否言语有所冒犯：

"既然你和我说起了，玛尔特！你是不是……是不是需要钱呢？"

---

[1] Bayreuth，德国东南部城市，处于菲希特尔山和弗兰克侏罗山之间的丘陵上。

她冷静的目光里流露出怜悯之色：

"我的小黑妹，你真让我难过。当然啦，我需要钱……一直需要，一直需要啊！"

"可是，玛尔特，我原以为你很有钱啊！小说都卖出去了，还有你的嫁……"

"是啊，是啊，但总要吃饭啊。今年的烤里脊牛排真是天价。你以为要是一个女人没有点飞蛾的勇气，统统加起来的三万年金够她过体面日子吗？"

我想了一秒钟，做着心算。

"天哪……好像确实如此。可是玛尔特，你为什么不……"

"不什么？"

"不说出来呢？我有钱，我很愿意……"

她抱住我，狠狠地亲了一口，声音听上去却像打了我一记耳光，她在我耳边说：

"你真好。我不会拒绝的。可不是现在。算了，我还有一两个办法没用过。你的话我记在心里了。此外……我喜欢和钱打仗，喜欢一觉醒来就发现一张别人跟我讨要了十次的发票，喜欢看着自己两手空空，然后对自己说道：'今天晚上，这小手必须拿到二十五路易。'"

我吃惊地盯着这个穿着绿裙子、极像一只蚱蜢的柏洛娜[1]。"打仗"、"战斗"……这些可怕的词语让人想到杀戮、绷紧的肌肉、鲜血、胜利……我在她面前就像是一个废物,手无缚鸡之力,我想到了不久前我面对阿兰照片时的眼泪,想到了我支离破碎的生活……我突然有一个疑问:

"玛尔特……你会怎么办?"

"你说什么?"

"当你没有那么多钱的时候,你会怎么办?"

她微笑着转过身重新打量我,表情温柔又陌生:

"我就……我会去找莱昂的编辑借钱……我会去骗裁缝,或者威胁他……另外我还有些意外之财。"

"你是说人家欠你的钱,你借给人家的钱?"

"差不多吧……我听到克罗蒂娜的声音了,她在和谁说话?"

---

[1] Bellone,罗马神话中的女战神,战神玛斯之妻或姐妹,为玛斯准备战车。

她打开窗,往走廊上探出身去。我看着她,心里憋着一些想法……我第一次装傻充愣,模仿玫瑰卷心菜的口齿不清:"意外之财!"……我对玛尔特很不放心。

走廊里确实是克罗蒂娜的声音。我听到她说:"我的女——儿……"哪个女儿?声音怎会如此温柔?

她出现了,牵着她的方谢特,安静地、做作地、踩着猫步走来。在我们看来,它的眼睛绿得发黑。玛尔特就像在剧院里时一样兴高采烈地拍起手来。

"太好了,克罗蒂娜!您在哪里找到这可爱的小家伙的?是在巴纳姆家吗?"

"当然不是。是我们家的,在蒙蒂尼。方谢特,坐下!"

克罗蒂娜脱下男士帽,抖了抖发卷。我真喜欢她深沉的肤色,温和而野性的神态。她的母猫乖乖地坐好,尾巴卷到前爪下。幸好我让莱昂妮带托比去散步了,否则真会被这猫挠一下。

"您好啊,远方的公主。"

"您好,克罗蒂娜。一路顺风吗?"

"是的,雷诺很迷人,他一直和我调情,以至于我一秒钟都没想起自己已经嫁人了……您相信吗?还有位先生想从我这儿买走方谢特。我盯着他看,就像他强奸了我母亲……这儿真热。是不是会有很多女士过来啊?"

"不,不,只有卡里奥普·冯·朗艮冬克。"

克罗蒂娜慢慢地跨过一张高椅:

"真走运!卡里奥普,我喜欢她。嘿,就像看到古希腊三层战船。另外她很漂亮,而且是'古老灵魂'的最后持有者。"

"才不是呢,"玛尔特气愤地说道,"她是个四海为家的,就像赌场里的荷官!"

"这正是我想说的。在我简单的想象中,她就是我们底下的那群人的化身。"

"难道是土拨鼠吗?"我怯怯地打趣道。

"不,狡猾的小坏蛋。'底下'是指……地图的下方。就是那儿!就像卡里奥普,赫柏[1]、阿弗洛

---

1 Hébé,希腊神话中宙斯和赫拉的女儿,代表青春。

狄特[1]，娜西迪卡[2]……我能想到的希腊人名都告诉你了！"

卡里奥普穿着一件镶着厚重黑色尚蒂伊[3]花边的浅色双绉裙，里面好像没穿衣服。她站在门口气喘吁吁。

"我要死了，三层楼……"

"这对皮肤也不好。"克罗蒂娜接着说道。

"可是对孕妇有好处，能让胎儿早些临盆。"

玛尔特（惊愕状）："卡里奥普，您怀孕啦？"

卡里奥普（淡然）："没有，never[4]，绝不会。"

玛尔特（苦涩地）："您真好运气。我也没有怀孕。可是那些避孕措施真是烦死人了。您是怎么防范的？"

卡里奥普（羞涩状）："我是寡妇。"

克罗蒂娜："当然这也是个办法。但这个条件

1　Aphrodite，希腊神话中代表爱与美的女神，即古罗马神话中的维纳斯。
2　Mnasidika，传说是公元前6世纪生活在古希腊的一位美女，是古希腊女诗人萨福诗作里美女比莉蒂丝的亲密女友。
3　Chatilly，法国城镇名，以生产瓷器和花边服侍著名。
4　英语，意为"绝不"。

既不必要,也不充分。您还没有孀居之前是怎么做的呢?"

卡里奥普:"我先在上面画些十字,然后咳嗽几声。"

玛尔特(扑哧笑出声来):"十字?画在哪儿?画在您身上还是您伴侣身上?"

卡里奥普:"两个都要画,dearest[1]。"

克罗蒂娜:"噢!噢!然后您就咳嗽?这是希腊的规矩吗?"

卡里奥普:"不,poulaki mou[2]。就像这样咳嗽(她开始咳嗽),开始了。"

玛尔特(满腹狐疑):"进得快出得慢……克罗蒂娜,把桃子沙拉递给我。"

克罗蒂娜(全神贯注):"不是我好奇心重,但我倒想看看他的脸……"

卡里奥普:"谁的脸?"

克罗蒂娜:"您先夫冯·朗艮冬克先生在看到您往他身上画十字时的脸。"

---

1 英语,意为"最亲爱的"。
2 希腊语,意为"我的小鸟"或昵称"亲爱的"。

卡里奥普天真地说："可我又不是在他脸上画十字。"

克罗蒂娜（大笑）："哈哈！我可真爱死您了。（笑得喘不过气来）卡里奥普逗得我快要背过气去了！"

她大叫，开心得像是要晕过去似的。玛尔特也笑得上气不接下气。而我呢，虽然她们的笑话让我难为情，但我还是禁不住在半明半暗的角落里偷笑，这半明半暗保护着我，却不能彻底保护我，因为克罗蒂娜撞见了我无声的快乐，我因这快乐而自责。

"那个，嘿，圣女安妮，我看到您了。要么马上去花园里玩，要么就别露出听懂的表情。或者干脆不要（她生硬的声音变得温柔而欢快），您接着笑吧！您的嘴角上扬，眼皮下垂，卡里奥普的故事还不如您的微笑耐人琢磨呢，小安妮！"

玛尔特打开扇子，用扇侧指在我和克罗蒂娜之间：

"再这么继续下去，你们就该把我的嫂子叫做瑞琪[1]了！谢谢了，我可不想在我正儿八经的房间里说这种事！"

瑞琪？是什么意思？我鼓起勇气问：

"您刚才说……瑞琪？这是个外国词儿吗？"

"您不觉得我说得很清楚吗？"克罗蒂娜反问道，此时玛尔特和卡里奥普心照不宣地相视一笑。克罗蒂娜突然停止了逗乐，她放下冰咖啡，思考了片刻，目光黯淡下来，像极了她养的白猫，她一副若有所思的样子，茫然地凝视着某一虚空处。

她们还说了什么？我不知道，我只是一步步退到百叶窗的阴影里。我不敢转述我所记得的只言片语，因为那真是十万分的可怕！卡里奥普没心没肺地滔滔不绝，全然一副外国人百无禁忌的做派；玛尔特粗话连篇，毫无尴尬之色；克罗蒂娜一副萎靡不振的孤僻样子，倒让我少了些反感。

她们曾一度向我发问，她们笑着，手舞足蹈，还说着我不敢说、甚至连想都不敢想的事情。我不

---

[1] 小说《克罗蒂娜结婚了》里一个女性人物的名字，和克罗蒂娜有恋爱关系。

是全听得明白，我回答得结结巴巴，把手从她们紧握的手掌中挣脱出来。她们终于放过了我，虽然克罗蒂娜盯着我委屈顺从的苍白的眼睛咕哝着说："这个安妮像少女一样迷人。"那天她是第一个走的，她带上她那只系着绿色皮项圈的白猫，当着我们的面打呵欠："我好久没见着我的大个子了。度秒如年啊！"

莫吉"缠"得越来越紧了，他带着一股威士忌的酒气靠近玛尔特，极尽恭维之能事。我讨厌五点的音乐会，我们在那里可以看到卡里奥普被一群闪着猎犬般目光的男人围着，仿佛众星捧月，还可以看见刺激神经的热恋夫妻雷诺和克罗蒂娜。是的，刺激神经！他们眉目传情，促膝而坐，就像新婚才半月的男女！可是我亲眼见过的新婚半月的男女，他们可不是这样吸引眼球的……

那对新婚夫妇坐在饭店的小桌前共进晚餐，新郎红棕色的头发，新娘则是过浓的褐色头发，他们的脸上看不出一丝的欲望，他们的手没有相互爱抚，他们的脚在垂坠的桌布下没有碰到彼此……她常常垂下眼睑，闭上清澈的、"野菊苣花颜色"的眼睛，她把叉子拿起又放下，把手心贴在珍珠色的长颈水瓶外侧，好让因发烧而焦热的手掌有一丝凉凉的感觉。他胃口好得和他的牙齿一样结实，用主人般的口气说："安妮，您错了，这肉烤得正好……"瞎子！冷血！他看不到我的低烧，也看不到蒙在我蓝色眼睛前的沉重的睫毛。他想不到我有多么焦躁，我既渴望又害怕那个迟迟未到的时刻：我的快乐和他的欲望水乳交融的时刻。写下这些真是痛苦……我惶恐而顺从地承接着他简单而有力的爱抚，但他早早地离开了我的身体，而那时热泪却涌上我的喉咙，让我一度以为离死不远，我呼唤着、我等待着……那连我自己也不知道的东西。

现在我知道那是什么了。烦恼、孤独以及一个剧烈偏头痛和乙醚的下午让我成了满腹愧疚的罪人。罪恶感随时威胁着我，逼迫我和它绝望地抗争。自从我写这份日记以来，日复一日，我将自己看得愈加清楚，就像一幅发黑的画像在行家的手里逐渐恢复其清晰的原貌。阿兰对我精神上的痛苦漠不关心,他是如何猜到我和……和安妮之间发生的故事的呢?我不知道。也许那天,动物被背叛后的嫉妒启发了他。

可我是如何清醒的呢?因为他离家远行?或是我和他之间隔着的千山万水造就了这个奇迹?或者,难道是我喝下了让齐格弗里德[1]恢复记忆的毒药?可那迟到的毒药终究还是让他找回了爱情,而我呢,唉!谁能让我依靠呢?我身边都是为实现生活目标而汲汲营营的人。玛尔特和莱昂忙忙碌碌,前者为奢靡的生活,后者为著书的销量;克罗蒂娜能爱,而卡里奥普被爱……莫吉醉醺醺,阿兰在生活中极尽挑剔的虚荣:体面、光鲜、规矩,房子要收拾得井然有序,通讯录要像审查仆人证件一样严格筛查,妻子要像他饲养的英国半纯种马似的被拴紧。他们都在前进,都在行动,只有我两手空空。

玛尔特从黑漆漆的门口走进来。她不如之前开

---

[1] 德国作曲家威廉·理查德·瓦格纳(Wilhelm Richard Wagner, 1813—1883)创作于 1871 年的同名歌剧的主角。《齐格弗里德》是瓦格纳系列歌剧《尼伯龙根的指环》的第三部。

心，更谈不上神气。她的红唇动了动，露出一丝苦笑。是不是我现在看什么都是苦涩的？

她坐下来，不看我一眼，整理好镶花边的半身裙的裙褶，她的上身穿着一件路易十六风格的白色北京绸上衣。白帽子上的几根白羽毛微微颤抖着。我不是很喜欢这套衣服，装饰太多，太像婚纱。我倒更喜欢自己身上这条象牙色的束带纱裙，圆裁片设计，裙摆上有褶边，蝙蝠袖。

"你来吗？"玛尔特简单地问道。

"哪里？"

"唉！你老是这副心不在焉的样子！去音乐会，五点钟的。"

"那个……我……"

她用手势打断我的话。

"不，求你了！你已经说过了。戴上你的帽子，快走吧。"

要是往常，我肯定不自觉地屈服了，可是今天是混乱的一天，我变了：

"不，玛尔特，我向你保证，我真的头疼。"

她抖抖肩膀。

"我知道，可你看样子马上就要好了。来吧！"

我依然轻声地回答"不"。她咬紧嘴唇，皱了皱原本红棕色却画成栗色的眉毛。

"好了，实话说，我需要你一起去！"

"需要？"

"是的，需要。我不能单独和……和莫吉待在一起。"

"和莫吉？你开玩笑。那里还有克罗蒂娜、雷诺和卡里奥普。"

玛尔特急躁不安，脸色发白，手在发抖。

"我求你了，安妮。别让我发脾气。"

我坐着发愣，将信将疑。她没有看我，她说话时眼睛看向窗户。

"我……非常需要你来，因为……因为莱昂会吃醋的。"

她在撒谎。我感觉得到她在撒谎。她猜到了这一点，终于转身面向我，眼里燃烧着怒火。

"是的，这完全是瞎话。我想和莫吉说会儿话，不需要有人在场。我需要你在，好让别人相信你陪在我和他身边，你和我们隔着一段路，三十几步的距离，就像看管学生的英国家庭女教师。你到时候拿一本书，一本小书，随你喜欢。陪我去，好吗？你决定了吗？你会帮我的，对吗？"

我真为她脸红。和莫吉一起！她居然还指望我帮她……噢！不！

看到我拒绝的姿势，她愤愤地跺脚：

"笨蛋！你以为我要和他在公园的树丛里睡觉吗？你要明白没钱什么也干不了。我从莫吉那儿要的不止是一篇针对莱昂即将于十月出版的小说的评论，而是两篇，甚至是三篇发表在外国杂志上的文章，好为我们打开伦敦和维也纳的市场！莫吉这个酒鬼比猴子还精，我已经和他纠缠了一个月，可他还不点头，或者我……我……"

她气得直结巴，拳头攥得紧紧的，虽然一身贵妇打扮，却一脸凶悍，活像断头台边打毛衣的女人[1]，她随后努力压下怒气，冷静地说：

"事情就是这样。你会来音乐会吗？要是在巴黎，我绝不会巴巴地来求你。在巴黎，聪明女人能

---

[1] 特指法国大革命期间一边打毛衣一边列席制宪会议、国民议会和革命法庭的平民妇女。

自己处理！可是这儿，在这种法伦斯泰尔[1]里，住宾馆隔壁房间的人会来数你的脏衬衫，数你的女佣每天早上搬来的热水壶数量……"

"那玛尔特，告诉我……这都是出于对莱昂的爱吗？"

"爱……什么？"

"是的，你之所以牺牲自己，之所以给那家伙好脸色……是为了你丈夫的荣誉，是吗？"

她干笑了几声，同时为通红的脸蛋扑点粉：

"他的荣誉，你可以这么说。桂冠是一种发型……一个会带来另一个。别找你的帽子了，就在床上。"

她们要把我带到哪里去？这三个人里没有一个是我想学习的榜样！玛尔特不择手段，卡里奥普像伊斯兰后宫里玩世不恭的女人，克罗蒂娜百无禁忌，像一只依靠本能的动物，哪怕是好的本能。我的上帝啊！我把她们看得一清二楚，千万别让我变

---

1 法国空想社会主义者傅立叶幻想要建立的社会基层组织团体居住区。

成她们那样!

是的,我跟着玛尔特去了音乐会,然后又去了公园,莫吉走在我们中间。在一条僻静的小路上,玛尔特只对我说了一句话:"安妮,你的鞋带松了。"我乖乖装出系丝绸鞋带的样子,其实鞋带的结打得很结实,我没有追上他们。我走在他们身后,眼睛盯着地面,不敢看他们的背影,听不到他们说话的声音,除了几句急促的窃窃私语。

玛尔特激动地凯旋,把我从不堪的警卫身份中解救出来,我终于可以大大地松一口气了。她亲切地挎着我的胳膊说:

"成了,谢谢小宝贝。你协助我处理了不少事,可你要知道这多不容易啊!要是我约莫吉在公园、奶品店或冰咖啡店的小圆桌旁见面,多半在五分钟内就会撞上某个碍事的男人,或者更糟,碍事的女人。要是有人看见他在我房间里,那可就危险了……"

"那么,你拿到了吗,玛尔特?"

"什么?"

"外国杂志上的文章。"

"啊!是的……是的,我会拿到的,还有我要的一切。"

她沉默了一会儿,甩了甩袖子,透透热气,然后自言自语道:

"这混蛋挺有钱!"

我惊讶地看着她:

"有钱?这跟你有什么关系,玛尔特?"

"我的意思是,"她赶紧解释,"我羡慕他可以由着性子写作,不像可怜的莱昂,非得凑字数,缠了卡里奥普半天也没得逞。那座塞浦路斯城池,虽没有城墙,却固若金汤!"

"此外,攻方也可能装备不足。"我胆怯地偷偷说了一句。

玛尔特在小路上停住脚步。

"天哪!安妮终于放开矜持啦!我亲爱的,我不知道你对莱昂的事情了解得这么清楚。"

她又恢复了兴高采烈的样子,回到了一度走远的朋友堆里,而我还是借口偏头痛,回到了我的房间,我的黑狗托比伏在我的脚边,它为我担心,对一切都不满,为我刚刚对小姑子施以援手的卑劣行径感到不耻。

唉！这是阿兰绝对想不到的！一想到他对我和他心爱的妹妹的诸多事情一无所知，我便坏笑起来。我恨阿列日，我的生活在这里被可悲地揭开，人性中更卑鄙、更狭隘的一面被清晰而讽刺地暴露得一览无余……我消磨时间，看这里的所有人是如何躁动。早晨的奶品店里人来人往，女人抹了一层又一层的粉，丑陋至极，男人则如野兽猎食般觊觎女色，或者还有那些满脸倦容的玩巴卡拉牌的赌徒，他们面孔阴森，脸色发青，脖子前伸，双眼充血。这些面孔是属于一些通宵坐在椅子里被冻僵了的男性躯体的，正如玛尔特所言，仅凭关节炎是不可能让这么多骨骼"铰链"僵化的。

我再也不想走进洗漱间，不想走进玛尔特的淋浴间，不想在大厅里谈及蜚短流长，不想陪克罗蒂娜如痴如狂地听《珍妮的婚礼》[1]。特立独行的克罗蒂娜是德彪西的忠实听众，她曾经自虐地幻想过在最最尘土飞扬的歌剧厅里狂热地鼓掌。每天的同一

---

[1] 法国作曲家和音乐教育家维克多·马塞（Victor Massé, 1822—1884）的独幕歌剧。

个时刻带来同一种欢乐,同样的理疗聚集了同样的面孔,这是我再也无法忍受的。我的目光越过窗户一直逃往西边的山谷口,逃往围困我们的山脉的链条缺口,那里依稀有光在闪烁,它来自遥远的、蒙着一层珠光的山峰,映在这纯净而惨淡的蓝天上,蓝得一如我的瞳孔。就这样,现在,我觉得我能逃脱……就这样,我以为(唉,是我假设)我可以有另一种生活,不同于现在这个被叫做安妮的、没有发条的布娃娃。

我可怜的托比,我该把你怎么办呢?我们现在要出发去拜罗伊特了!玛尔特兴冲冲地做了决定,省却了我讨论的工夫。去吧,我来带你走,这是最简单、最方便的办法了。我答应过你会带着你,我需要你对我静静的依恋,我需要你短小的身影伴随在我长长的身影旁边。你是那么爱我,尊重我的睡眠、我的悲伤、我的沉默,而我就像一只小小的守护兽那样爱你。你为我带回了年轻时的欢乐,我看见你一本正经地伴我左右,鼓鼓的嘴里咬着你视若珍宝、整天带在身边的一只大大的青苹果，或者你固执地抓挠地毯上的某个图案，直到把它抠出来为止。因为你天真地生活在神秘之中：印在扶手椅椅垫上的彩色花朵，镜子游戏里你窥见的一只毛茸茸、黑乎乎、长得和你相像如孪生兄弟的幽灵，在你爪子下摇摇晃晃的摇椅的圈套……而你，你不会固执地追究不可知的事物，你会叹气，发脾气或者尴尬地笑笑，然后又玩起啃过的青苹果。

我也是如此，就在不到两个月前，我曾说过："正是如此。我的主人知道该做什么。"可如今，我内心受着煎熬，我在逃避。我在逃避！请明白这个词的本意！托比，你心中的信仰在我这儿已经荡然无存了。在这本子上记流水账，听卡里奥普和克罗蒂娜的话，要比我危险地落在人后茕茕孑立好得多，好上百倍……

之后我们只谈论旅行。卡里奥普因即将和我们分手而伤感，她一遍遍叨念着"万能的上帝啊"和"poulaki mou[1]"我的耳朵都快起茧了。

---

[1] 希腊语，意为"我的小鸟"或昵称"亲爱的"。

克罗蒂娜则对这一变动表现出冷漠和礼貌。只要雷诺在身边,其他事情对她而言还重要吗?莱昂自从在卡里奥普那里碰了钉子以后很是不快,一直在说他的小说。这次他要写的是拜罗伊特,"一个从特殊角度看到的拜罗伊特"。

"这是一个新题材。"十年来一直向拜罗伊特的三家日报社发通讯稿的莫吉一本正经地说道。

"当作家知道如何翻新时,这就是一个新题材。"莱昂一本正经地确认道,"一个热恋中的女人,遭遇美满但不容于世俗的爱情,极度敏感,我要写她感官中的拜罗伊特。笑吧,你们笑吧……这会热卖的,二十个版本竞相发行!"

"至少,"莫吉吐了一口烟,"首先,我一直认为美女的丈夫总是正确的。"

美女正躺在摇椅上打瞌睡……玛尔特一直睡得像只猫。

我们在公园里晒太阳。现在是两点,令人窒息而漫长的时间。冰咖啡融化在咖啡杯里。卡里奥普恹恹欲睡,像只野鸽似的发出咕咕的呻吟。我躺在扶手椅里享受着骄阳,连眼皮都不用闭起来……在寄宿学校的时候大家就给我起了"蜥蜴"的外号。莱昂频频看着他的手表,生怕超过了预定的休息时间。托比一动不动,趴在细沙上。

"你要带着这条狗吗?"玛尔特虚弱地叹息道。

"当然,这小伙子可老实了!"

"我可不是很喜欢老实的小伙子,即便是在旅行途中。"

"那,你就坐另一节车厢吧。"

随后我一声不吭,惊叹于自己的反诘。如果是在上个月,我可能会说:"那么,我就上另一节车厢吧。"

玛尔特什么也没有回答,她好像睡着了。过了一会儿,她突然睁开那双警觉的眼睛:

"哎哟,你们大家有没有觉得安妮变了?"

"嗯……"莫吉含糊地咕哝道。

"您发现了?"卡里奥普友善地问道。

"好像吧……"莱昂含糊其词。

"我很高兴发现你们都赞同我的观点。"我的小姑子取笑我说,"我要是说安妮走路快了,佝偻肩背和埋头盯地面的次数少了,说起话来更像一个正常人了,你们肯定不会感到惊讶。就等阿兰回来看出这些变化吧!"

我尴尬地站起来:

"玛尔特,是你鼓励我的。阿兰才不会像你想的那样吃惊呢。他早就告诉过我,你会对我产生重大的影响。对不起,失陪了,我要回去写信了……"

"我跟您走。"卡里奥普说。

我没有任何表示,但她确实跟着我走了。她圆滚滚的胳膊挎着我纤细的胳膊。

"安妮,我有件大事想请您帮忙。"

上帝啊,这张脸多么迷人啊!在她长长的、尖如剑锋的睫毛之间,青金石般的眼睛熠熠发光,坚定中透出请求,如弓一般上弯的嘴半启着,随时都可以吐出所有的秘密……在卡里奥普那里,什么都可能发生。

"说吧,亲爱的,您清楚只要我力所能及……"

我们回到了我的房间里。她表现出意大利女演员式的夸张演技,握住我的手说:

"噢!是啊,您是那么纯洁的人!所以我才下定决心。如果您拒绝我，I am[1] 不知所措！可如果您愿意为我……"

她把一条小小的花边手绢揉成一团，擦起睫毛来。可事实是睫毛本来就是全干的，这让我看着很别扭。

现在她摆好姿势，看着地毯，摸着身上百来件巴洛克式护身符，它们叮叮当当地发出链条的声响（克罗蒂娜说卡里奥普走路的动静就像条小狗）。我觉得她好像在自言自语什么……

"我这是在向月亮祈祷。"她解释道，"安妮，帮帮我。我需要一封信。"

"一封信？"

"是的，一封信……épigraphion[2]。我口述，您帮我写下来。"

"写给谁？"

"写给……写给……一个好朋友。"

"噢！"

卡里奥普伤心地张开臂膀。

---

[1] 英语，意为"我是"。
[2] 希腊语词源，意为"铭文"。

"我发誓,以我死去的父母的头颅郑重起誓,只是一个很好的朋友!"

我并没有立即回答。我想弄清楚……

"可亲爱的,您为什么需要我做这件事呢?"

她搓着手,面容却十分镇定。

"您要知道!我爱的那个好朋友,噢!是的,我爱他,我发誓。安妮!可是我……我不是很了解他。"

"嗯!"

"是的,他想要娶我。他写过一些火辣辣的情书,我也 answer[1] 过……我写得很少,个中原因嘛……因为我不是很会写。"

"您说这些到底什么意思?"

"事实是,我会说两、tree[2]、四、five[3] 种语言,足够在旅行中派上用场了。可是我不会写字,尤其是法语,太复杂了,太……我不知道怎么形容。我的那个朋友以为我……是个有教养、特别的女人,

---

1 英语,意为"回复"。
2 原文如此,应为"three",意为"三"。
3 英语,意为"五"。

一部行走的百科全书,我就想表现出他想象的那个样子!否则就会像你们法国人说的,桶里的事一场空。"

她一副痛苦的样子,红着脸,拧着小手绢,样子很迷人。我想了一下,冷静地问:

"亲爱的,告诉我,在我之前您还找了谁?总之,我不会是第一个……"

她恼火地耸耸肩:

"和我一个国家的小男孩,文笔很不错。他……很爱我,我就把他的信抄一遍……但是换一个性别,您明白的。"

如此坦然的可鄙行径不但没有让我愤怒,反而让我想大笑一场。这超出我的接受能力,我没法把她的话当真,甚至没法把她看成一个坏女人。我真是对她彻底投降了。我展开吸墨纸。

"您坐这儿来,卡里奥普。我们来试试看,虽然……您不知道写一封情书对我来说有多古怪……您看,我该说些什么呢?"

"随便写,"她感激地大声喊道,"说我爱他!与他相隔万里!说我的生活滋味全无,我在凋零……还有大家通常说的那些话。"

说我爱他,与他相隔万里……这样的话题我已经接触过了,可是处理得一塌糊涂……我坐在卡里奥普身边,支着手肘,盯着她手上亮闪闪的戒指,我神不守舍地写道:

"我钟爱的朋友……"

"太生硬了,"卡里奥普打断我说,"我要写'我那在海上的灵魂'!"

"就依您……'我那在海上的灵魂'……这样可不行,卡里奥普。您把笔给我,您之后重新誊写一遍,自己改。"

我激动地写道:

"我那在海上的灵魂,您离我而去,我像一座没有主人的屋子,点着一盏被人遗忘的烛火。烛火一直烧着,匆匆过客以为屋内有人,可是火焰将在一小时后萎去、熄灭,除非另一只手为它带来光明和力量……"

"别这么写!"卡里奥普凑到我肩旁打断我,"'另一只手',这样写不好,改成'原先那只手'。"

可我再也写不下去了。我埋头趴在桌上,眼泪突然决堤，我懊恼自己没能把它们藏起来……写信的事情不了了之。好心的卡里奥普体谅我，但稍许有些误解，她用她的手臂、香水、悲伤和遗憾的呼唤将我抱住：

"亲爱的！小麻雀！我真是可恶！我没有顾及您此刻很孤单！好了，结束了。我不要写下去了，况且也够了。有了好的开头，下面就不愁变化了。我用palazzo¹替换掉'屋子'，然后在法国小说里找找下文……"

"对不起，我的朋友。碰上雷雨天，我的神经就多愁善感。"

"'神经'！啊！好像只有神经！"卡里奥普抬眼盯着天花板，她的话掷地有声，"可是……"

她那简单的不羁的手势以其特有的方式补全了话中未尽之意，我禁不住微微一笑。她也笑了起来。

"是啊，嗯？Addio²，many thanks³，原谅我。我

---

1 意大利语，意为"楼房"、"官殿"。
2 意大利语，意为"再见"。
3 英语，意为"非常感谢"。

要带走信的开头。您要坚强一点。"

她已经走出房间,又转身打开门,像个狡猾的小仙女似的把头探进来:

"还有,我要把它抄两份。因为我还有一个朋友。"

"阿列日的温泉水富含矿物盐和硫化物,是慢性皮肤病的推荐治疗用水……"

克罗蒂娜高声地朗读着温泉中心发给洗浴者的、有着鲜艳封面的宣传册里的赞词。我们最后一次听蹩脚的乐队演奏,从头到尾的强音,节奏沉闷没有变化。趁着《维拉之龙》[1]选段和阿芒德·德·波利尼亚克[2]的一首进行曲之间的间歇,克罗蒂娜自顾自地对我们进行含硫泉水优点的入门解说,还时不时评论一番。她的朗诵严谨庄重,旁若无人。

---

[1] 法国作曲家埃梅·马亚尔(Aimé Maillart, 1817—1871)在1856年所作的一出三幕歌剧。
[2] 阿芒德·德·波利尼亚克(Armande de Polignac, 1876—1962),法国女作曲家。

她的小白猫系着牵绳，睡在一把藤椅上。"一把值两个苏的椅子，就像给人坐的一样"，克罗蒂娜声称，"椅子不能是铁的，因为方谢特的屁股怕冷！"

"我们来玩个游戏！"她突发灵感大发。

"我可不行。"她的丈夫目光温柔地说。他抽着芬芳的埃及烟，大部分时间都沉默不语，坐在一边，仿佛将整个生命都注入了他口中"亲爱的孩子"身上。

"一个非常有意思的游戏！我通过你们的外表来猜测你们到这儿来要治什么病，要是我错了，我就赔一样赌注。"

"现在就赔我一个吧，"玛尔特嚷道，"我身体好得不得了。"

"我也是。"莫吉哼哼道，他把巴拿马帽一直压低到小胡子处，遮住浮肿的脸。

"我也是。"雷诺温柔地说。

"我也是呢。"莱昂脸色苍白，一脸倦容地叹了一口气。

克罗蒂娜很漂亮，她戴着一顶白色遮阳帽，两

条白色珠罗纱的带子在下巴处系了结。她伸出手指警告我们说:

"等等,开始,别走!你们瞧吧,他们到这儿来,都是和我一样找乐子的!"

她拿起小册子,像送花一样分发她的诊断:

"玛尔特,您是'痤疮和湿疹'!您,雷诺,是那个……啊!是'疥病',好听吧?像是花的名字。我猜安妮是'间歇性丹毒',而莱昂是'颈淋巴结核性贫血'……"

"他可不会多谢你。"雷诺看到我妹夫尴尬的笑容,打断了克罗蒂娜的话。

"莫吉嘛,莫吉,哎呀,我一点都找不到了。啊!有了!我说莫吉是'性器官顽固性疱疹'。"

所有人哄堂大笑!玛尔特朝愤怒的莫吉开口大笑,露出满口的牙齿。莫吉一把掀开巴拿马帽,大骂那个戏弄他的不知分寸的年轻女人。雷诺本想让大家安静下来,可事与愿违,因为坐在我们身后的一群老实人刚刚在仓皇逃开的时候撞倒了椅子,发出一片哐啷声。

"别管他们,"克罗蒂娜说,"刚刚那些跑开的人（她重新拿起小册子）是眼红了，因为他们的那些病实在不值一提……'慢性病'，常见的'卡他性耳炎'或是不值俩钱的可怜的'白带'异常。"

"可是，您自己呢，恶毒的女人，"莫吉大叫，"您到这里来除了戏弄人、让大家不得太平以外，还能搞出什么名堂来？"

"嘘！"她凑过来，做出神秘状，"别告诉其他人，我来是为了照顾方谢特，它得了和您一样的病。"

六

拜罗伊特。

雨,还是雨……天空都化成了雨,而这里的天空就是煤炭。要是我趴在窗台上,手和肘都会染成黑色。空气里同样是碰触不到的黑色粉末,如同一场无声无息的雪落在我白色的哔叽连衣裙上。若是我用手心轻抚我的脸颊,我能在那儿搓出几条细而黏的煤灰色污垢。落在我半身裙花边上的雨点干透后变成了小小的灰月亮。莱昂妮要花好长时间来清洗我和玛尔特衣服上的污渍,她欢快得好像一个情感丰富的宪兵。据她说,这让她想起了故乡圣艾蒂安。

西边的天际有些泛黄。雨也许要停了。我就要看到拜罗伊特的另一张面孔了:不同于我透过这无皱的薄纱看到的城市,不同于我透过两行水晶眼泪看到的景色。

因为,我在这里一出场就哭得稀里哗啦,像极了这里的云。写到此处我着实有些难为情,这场痛苦灾难的起因实在幼稚。

我们在施纳伯尔韦德下了车,这趟从纽伦堡开往卡斯巴德的火车简直是德国火车的异类,竟然漫不经心地匆匆溜走,把我的洗漱用品和行李箱都带往了奥地利。以至于我在十五个小时的车程之后,浑身沾满了德国的煤灰,散发出一股硫黄和碘仿的味道,却找不到一块海绵、一块换洗手绢、一把梳子或是……总之我失去了所有必备的生活用品。这一打击让我沮丧至极。当莱昂和莫吉跑去问讯处讨要说法时,我站在站台上开始哭,豆大的泪珠在尘土中溅出一个个圆坑。

"这个安妮,"克罗蒂娜意味深长地嘀咕道,"脾气像沼泽地的天气。"

所以,我在这座"圣城"的出场是如此可笑和可怜。附庸风雅的玛尔特立即开始追捧一切印有瓦格纳肖像的东西:明信片、红玻璃圣餐杯、彩石印版、木雕、杯垫和啤酒罐。克罗蒂娜头发乱蓬蓬,戴着顶窄边草帽,把帽檐一直扣到耳边。在火车站广场上,当她满手抓着一根喷喷香的香肠,把它凑到我鼻尖下晃悠时,我依然挤不出一丝笑容。

"我买的,"她嚷道,"是一个邮递员模样的人在卖。是的,雷诺,一个邮递员!他把热香肠放在滚烫的皮盒子里,用长柄叉把它们叉上来,就像捕蛇一样。您撇嘴做什么。玛尔特,这好吃极了!我要寄点给梅丽,我会告诉她这种香肠叫'瓦格纳肠'……"

克罗蒂娜一边拉着她温柔的丈夫,一边蹦蹦跳跳地朝一家刷成淡紫色的蛋糕店走去。她要就着掼奶油吃她的香肠。

多亏了玛尔特的督促和莱昂的热情,也多亏了莫吉的语言天赋,可以说以色列有多少个部族他就能说多少种德语方言,他用区区一句我全然不懂的话便驯服了笑眯眯却消极怠工的当地职员。我可以拿回我的行李,而这期间,克罗蒂娜可怜我衣物全无,送了我一件短得让人脸红的薄麻衬衫和一条印有黄色新月花纹的日本绸短裤,并送我一句话:"安妮,当它只能用来给您擦眼泪的时候,您就留着吧,您会记得我是一个圣马丁[1]式的人物。再说

---

[1] 约公元 4 世纪的一名罗马士兵,后接受洗礼成为基督徒,以帮助穷人而著称于世。

了,圣马丁送过裤子给别人吗?"

我悠然地等待午饭时间。雨停了。两朵厚重的云之间隐隐露出一方蓝色,随即又消失了。我的窗户朝向歌剧院街,楼下的人行道上铺着木板,藏匿起污水。楼道里散发着一股卷心菜的味道。我那张奇怪的棺材似的床白天盖着一块板,铺着一块印有花枝图案的布。最上面的一床被子和压脚被用纽扣扣在一起。我的床垫由三块垫子组成,就像法国盛世[1]的长椅子……不,我绝对没有感到一丝盛世的狂热骄傲。我很羡慕玛尔特,她自火车站开始便表现出一股此地游人共有的热情,呼吸间都是她丈夫夸张地称之为"所有来此地瞻仰超凡伟人的人所共有的激情"。隔着板墙,我听到这个"新瓦格纳教徒"整理行李箱的乒铃乓啷声,她一股脑儿倒空所有的热水瓶的声响。莱昂的嗡嗡声不时地传到我耳朵里,而玛尔特的沉默在我看来根本不是好兆头,所以我并不特别惊讶于听到她尖声大叫,毫无末代王后玛丽-安托纳内特的风度:

---

[1] 主要指17世纪在法王路易十四统治时期的法国,在政治、经济和文化等方面得到大发展。

"见鬼！该死的小人！"

只有一种温暖可以让我平静，让我一动不动地坐在窗前这张摇摇晃晃的桃花心木独脚小圆桌边：那便是感觉到自己和他的遥远距离，遥不可及……阿兰走了有多久了？一个月还是一年？我不记得了。我在脑海中搜寻他退去的模样，我有时竖起耳朵想听到他的脚步声……我是在等他，还是在怕他？有时候，我感觉他就在那儿，他想使劲把手搁在我的肩膀上，我却猛地转身避开……总之，这就像是警告。我清楚，他若回来，仍将是我的主宰，我的脖子会因枷锁而垂下，就像现在我还戴着阿兰在结婚那天为我戴上的戒指，那戒指太紧了些，勒得我生疼。

我们仨在这家为休闲度假的旅客服务的餐馆里百无聊赖！我知道，就我个人而言，新建的餐厅、微弱摇曳的煤油灯火光、底下没安好还漏着冷风的帐篷并没有影响我的心情，但玛尔特和她的丈夫却都显得很无奈和烦躁。玛尔特看着她那份梨泥拌鸡肉，啃着面包。莱昂则在记笔记。记录什么呢？这地方乏善可陈。这家贝尔莱餐馆时髦的地方就在于露台角落里搭起的一顶条纹图案的帐篷，除了果泥之外，在我看来这帐篷也特别像阿列日的餐馆。也许不同的是，这里英国女人更多一点吧，还有褐色罐装的赛尔斯特矿泉水。这里的英国女人可真多啊，谁和我说她们正经保守来着？莱昂告诉我，她们刚看完《帕西法尔》[1]回来。那些红发的英国女郎把帽子戴得歪歪扭扭，一头秀发用简陋的发绳系着，她们大喊大叫，边回忆边哭，挥舞胳膊，嘴巴吃个不停。我看着她们，我不饿，我没哭，我怕冷，把手钻进宽大的衣袖里，心里却存着一个醉鬼的不堪的念想："我礼拜天的时候会不会变成这样？"说实话，我打心眼里是很想的。

玛尔特不声不响，用放肆的目光打量着餐厅的食客们。她应该发现她没有戴帽子。我的妹夫还在记他的笔记！那么多的笔记！有人在看他，我也在看他。他真像一个法国人！

---

[1] 德国作曲家理查德·瓦格纳（Richard Wagner，1813—1883）创作的三幕歌剧，1882年在德国拜罗伊特首演。

西装是英国制的,靴子是瑞典制的,帽子是美式的,这个英俊的男人不着痕迹地调试出他的法国风度。他过于频繁的温柔的小动作,比例恰当却缺乏个性的规则的脸部线条,这些是否就足以透露出他是个典型的法国人,无过人之处亦不输人一截?

玛尔特突然把我从人种分析的大梦中拽回来。

"请别把话都讲完。真是的,这儿太无聊了。没有更活泼一点的地方了吗?"

"有的,"莱昂查阅着《贝德克尔指南》[1],"柏林饭店,更漂亮,更有法国味,就是少了点地方特色。"

"管他什么地方特色。我是为瓦格纳来的,又不是为了拜罗伊特。那我们明天就去柏林……"

"一份蓝色鳟鱼[2]要付十马克。"

"担心什么?有莫吉在那里……付一份账单,或是两份……"

我决定插句话。

"可是玛尔特,让莫吉请我,我不大好意思。"

---

1 *Baedeker*,著名的国际旅游指南。
2 一种用葡萄酒的烹饪方法。

"我亲爱的,那你自己去找家便宜的杜瓦尔汤馆……"

莱昂生气地放下铅笔。

"瞧瞧,玛尔特,你真伤人!这儿根本没有杜瓦尔汤馆……"

玛尔特异常恼火,尖声笑起来:

"唉!这个莱昂!没人比他更识相了……来吧,安妮,别哭丧个脸。这盘子梨泥拌鸡肉真让我上火……你们俩走吗?我乏了,我要回去了。"

她不快地拢拢曳地的蓬松长裙,用鄙夷的目光扫视了一遍露台。

"无所谓,等到巴黎也有一家小拜罗伊特饭店的时候,我的孩子们,那儿肯定更漂亮、更热闹!"

说起我在这里过的第一晚……不提也罢。我蜷缩着身子躺在硬邦邦的床垫上,贴身的棉被扎得我难受,我的每个呼吸都透着恐惧,也许是臆想吧?我害怕卷心菜的怪味从门板下方的缝里、窗户里、墙壁上渗过来。为此我在床上喷掉了整整一瓶白石竹香水,我陷入夹杂着可笑快感的梦境中——我好像翻开了一本泛黄的旧书,看着里面一页页的漫画——路易-菲利普国王时期的服饰展现出一片奢华;阿兰一身土布,从未有过的英武,而我则身穿欧根纱的衣服,意想不到的叛逆……这条桥形剪接裤使所有的妥协变得不可能。

七

我们几乎是在最后一刻定到了位子,我意外地不得不和玛尔特夫妇分开,这让我暗自庆幸。我站在大厅里,周围亮着一圈灯火,发出昏黄的光,好像一串断开的项链。我警觉地嗅到一点橡胶的糊味和地窖里的霉味。音乐厅灰头土脸的,可并没有丑得出乎我的意料之外。所有的这些——低矮的舞台和发出音乐声的黑色深渊般的乐池——早就有人向我描述得很详细,因此我毫不陌生。我在外面候着,等到乐队第二遍乐声响起(我想应该是多纳[1]的呼唤)。外国女人们漠然而娴熟地摘下帽针。我模仿她们。我和她们一样看着楼上包厢处依稀可见的走动的黑影,还有些秃脑门儿伸出来张望。真没意思,我们还要等一会儿,等到隔音门最后一次开了又关,连带蓝色的百叶门也砰砰地动几下,等到最后一个老太太咳嗽了好一阵子,等到最后降 E 大

---

[1] 瓦格纳歌剧《莱茵河的黄金》中的雷神(Donner)。

调从乐池的深渊里响起，好似那儿藏着一只野兽，发出"嗷呜"一声……

"显然，非常美妙，"玛尔特评价道，"就是少了幕间休息。"

我还在发抖，我把感情像性冲动一样隐藏起来。我只是回答说不觉得这歌剧有多长。玛尔特今天白费心机，她头一次穿一条和她头发色调一致的橘黄色连衣裙，她对这出"仙境的序幕"不甚满意。

"我亲爱的，在这里，幕间休息是歌剧的一部分，很是值得一看。你去问问所有的行家。幕间休息时我们可以吃点儿东西，遇上些人，和他们好好交流一下心得……看上一眼就知道，绝了。是不是啊，莫吉？"

那个粗俗的家伙稍稍耸了耸厚实的肩膀。

"'绝了'，就是我想说的词儿。他们毕竟不敢在这里用该……该死的地板蜡味的洗碗水冒充优等货。来拜罗伊特喝这种东西，就是当冤大头！"

萎靡不振，衣冠不整：我在莫吉身上根本找不到一丝瓦格纳迷的积极形象。他是率先在法国"发现"瓦格纳的一批人之一,数年来一直执着地在专栏里力推这位作曲家。在这些文章中,大肆鼓吹怀疑论和醉意抒情竟然可以奇怪地交织于一处。我知道莱昂瞧不起莫吉累赘而粗鄙的用词,而莫吉则将莱昂列于"平庸之辈"……除此以外,他们倒是相处甚欢,尤其是最近两个月。

我迷失在剧院偌大的餐厅中,感到自己离众人是如此遥远,不,还不止,简直与世隔绝!音乐的魔鬼还盘踞在我体内,哀怨的莱茵河仙女在我身上哭泣,和刀叉碗碟的震耳的叮当声抗争。风风火火的侍应生穿着笔挺的黑色制服,沾着油渍,手上捧满了食物来回穿梭,啤酒淡粉色的泡沫倒进了肉汁里……

"他们好像嫌这种'果泥拼盘'还不够似的。"玛尔特忿忿地咕哝道,"这包厢太普通了,是不是啊,莫吉?"

"不能说太普通,噢!不,"莫吉表现出一副滑稽的大度模样,"十七年前我听过同一个角色的唱功,我觉得今天他唱得绝对比那时候好。"

玛尔特没有在听。她直着眼睛,然后戴起单柄眼镜看向大厅尽头。

"可……那不就是，是她！"

"她？谁？"

"舍斯奈呀！和一些我不认识的人在一起，那儿，就在墙顶头的桌子边上。"

我心里一揪，仿佛被拽回了过去的生活中，我忐忑地在星罗棋布的餐桌之间找寻那个金发的、梳着发髻的、拥有惨淡的粉色皮肤的女人，那人正是瓦伦蒂娜·舍斯奈。

"上帝啊，真讨厌！"我颓然叹息道。

玛尔特放下单柄眼镜，开始打量我。

"这跟你有什么关系呢？你不是怕她在这里再逮住你的阿兰吧？"

我心里一激：

"再逮住？你的意思是'逮住第二次'？我不大明白。"

"别说'明白'，说'解聘'[1]。"莫吉尴尬地打圆场。

---

[1] 法语中"知道"一词的虚拟式 sacher 和"解雇"的 sacquer 词形相似。

玛尔特闭上嘴，不说话，斜眼打量我。我攥着叉子的手有些发抖。莱昂咬着他的金色铅笔，用记者的目光朝四周看了一圈。我突然有种强烈的冲动，想掐住这软蛋的脖子，把他的漂亮的小白脸蛋撞到桌子上去。但我的热血随即回归平静，这样的过程让我大吃一惊……看来音乐对我毫无作用。

舍斯奈让我想起了阿兰，我在一瞬间看到的阿兰：没有活力，惨白，像死人一样昏睡着。

我丈夫的情妇！如果她是我丈夫的情妇！这句话我在嘴里念叨了两个小时，我依然无法在脑海中理出半点头绪。在我的记忆中，舍斯奈夫人一直是一身晚礼服，或是身着优雅的音乐会礼服，戴着一顶偏小的帽子，试图建立她自己的风格……舍斯奈风格！我想象不出她别的模样，可如果她是……情妇，她就得脱下紧身裙，娇柔地摘去偏小的帽子……我的脑袋无法再想象下去。此外，我也无法想象阿兰会像人们说的那样去追求一个女人。他从来没有追求过我。他从不曾逢迎和纠缠过女人，没有为谁坐立不安、争风吃醋过。他给我的是……一个笼子，这么多年对付我还绰绰有余……

他的情妇！为什么这个想法没有让我对我的丈夫产生更多的怨恨？难道我不再爱他了吗？

我受不了了，我累了。随它去吧，想想吧，安妮，还有好几个星期你都将是自由的独身一人……自由！就是这个词……有一些鸟儿逃出了鸟笼，自以为自由，殊不知它们的翅膀早已被剪去。

"怎么？你还在睡觉？"

我整装待发，走进玛尔特的房间，本想叫她早晨一起去逛逛拜罗伊特城。可我发现她竟然还躺在床上，我满眼是她丰满白皙的躯体和红棕色的头发。我一进门，她就像鲤鱼一样翻过身，把圆滚滚的屁股藏到了被子里，打个哈欠，伸个懒腰……她戴着所有的戒指睡觉……她皱着眉头朝我怨恨地瞥了一眼。

"你已经闻到街上的味道了！你还要去哪儿？"
"随便，我只是想走走。你不舒服？"
"没睡好，头疼，没力气……"
"真不巧，那我一个人去吧。"

走之前，我朝可怜的莱昂打了个招呼。他一直坐在桃花心木独脚圆桌前——和我的那张一样丑——紧赶慢赶，为了在中饭前凑出他的六十行字。

于是只有我一个人上了街！我什么也不敢买，我的德语说得非常糟糕。我只是去看看。这里有家现代风格的商店，商品琳琅满目，一个瓦格纳的世界。在一张《莱茵河少女》的照片里，三个姑娘肩搂着肩，像三个丑陋的长舌妇，其中一个神情暧昧，烫着"花卷"头，就像我的卢森堡厨娘出门时候的打扮。烙接起来的相框上有一些水藻或是蚯蚓似的歪歪扭扭的装饰。一共也就十马克，不买白不买。

为什么会有那么多齐格弗里德·瓦格纳[1]的肖像？为什么只有他的呢？莫吉称之为"柯西玛[2]亡夫"的其他子女都比这个长着扭曲的肉鼻子的小伙

---

[1] 齐格弗里德·瓦格纳（Siegfried Wagner，1869—1930），德国作曲家理查德·瓦格纳之子，歌剧作曲家。
[2] 柯西玛·瓦格纳（Cosima Wagner，1837—1930），德国作曲家理查德·瓦格纳之妻。

子好看。希格弗雷德只管理拜罗伊特的乐团，还经营不善，但这也不能完全说明他如此出名的缘由。卷心菜的味道依然浓烈……这些街道没有任何特色，我站在歌剧院街的地势高处，不知该往左走还是往右拐……

"被母亲遗弃的孤儿，总能在圣地找到庇护……"

从我身后传来啼啭一般的张扬的歌声。

"克罗蒂娜！是的，我不知道去哪儿。我不习惯一个人出门。"

"我可不一样。我十二岁的时候就喜欢蹦来蹦去……像只兔子一样，另外我和兔子一样都有白白的屁股。"

这个……臀部真的在克罗蒂娜的对话中占有极端重要的地位！这种话题实在让我很尴尬。

我一边走在这个不羁的女人身边，一边想：阿兰允许我上门拜访那些形迹可疑——简直不能用可疑来形容——的女人们，就像那个舍斯奈，还有那个宣称情人们是"天生好手"的玫瑰卷心菜，可是他偏偏不让我见迷人的克罗蒂娜，她深爱自己的丈夫，而且毫不掩饰。和这个女人同行，我会比和那些女人在一起更危险吗？

"事实上，克罗蒂娜，看到您身边没有雷诺和方谢特我很吃惊。"

"方谢特在睡觉，而且爪子上都是煤灰。我的雷诺还在为《外交杂志》写稿，他骂德尔卡塞[1]是条臭鱼。我不想打扰他，就出来了，而且今天早晨我头晕。"

"啊？您头……"

"头晕，是的，可您自己呢，安妮，您的行为多像一个独立女人的做派，一个人在陌生的城市里闲逛，身边没个女管家！您的羊皮卷纸呢？您的画夹呢？"

她在跟我打趣。她穿着超短的半身裙，显得很滑稽，宽草叶编成的草帽一直遮到鼻子处，短短的鬈发，褐色的瓜子脸，白色的中国真丝衬衫。她美丽的近乎黄色的眼睛有如原野上燃烧的火焰，令她光彩照人。

---

[1] 泰奥菲勒·皮埃尔·德尔卡塞（Théophile Pierre Delcassé, 1852—1923），法兰西第三共和国政治家。

"玛尔特在休息，"我最后回答说，"她累了。"

"怎么累了？是让莫吉摸累了吧？噢！瞧我都说了些什么呀？"说着，她故意拿手捂住嘴，好像要把刚才的胡诌咽回去。

"您觉得……您觉得她，觉得他对她做了您说的事情？"

我的声音在打颤。克罗蒂娜什么也没对我说。我真是傻透了！她跺脚转身，耸耸肩：

"好吧！如果您想知道我是怎么想的……玛尔特和一大群我认识的女人一样，要是有人当着大家伙的面占她便宜，她会很开心的。如果就两个人，那就是另外一回事了。算了，反正她们已经够不正经了。"

这一步步论证无法让我信服。"当着大家伙的面"，这也太……

我若有所思地走在克罗蒂娜身边。上午十点以后，我们又遇到了一些英国女人，还有美国女人。她们穿着镶花边的丝绸衣服。有很多人看我的女伴，克罗蒂娜察觉到了，冷冷地"以眼还眼"。只有一次她突然转过来扯我的衣袖：

"美女！您看到了没？那个金发女郎，眼睛是深咖啡色的。"

"不，我没有注意到。"

"小傻瓜，走吧！我们去哪儿？"

"我本来就是随处走。我只想看看这座城市。"

"这座城市？没有必要。除了明信片就没什么可看的了，剩下的就是旅馆。来吧，我知道有个漂亮的花园，我们可以到那儿坐在地上……"

我在她活跃的思想面前毫无招架之力，我跟着她欢快的步伐快步朝前。我们沿着一条丑陋的街，路过黑马饭店，然后是一片空旷的法国外省风格的大广场，广场上有椴树和雕像，惬意但萧条……

"这广场叫什么，克罗蒂娜？"

"我也不知道。就叫边疆伯爵[1]广场吧。但凡我不肯定的地方，我就一律起名叫'边疆伯爵'。来吧，安妮，我们到了。"

广场角落里的一扇小门通往一处开满鲜花、打理得井井有条的花园，蔓延成一个冷清的公园，

---

1 源于德语词 Markgraf，意为"边疆伯爵"，存在于法国加洛林王朝时期，对应于法国爵位的"侯爵"一级。

似乎一路往前就可以通往某个法国外省的荒凉的城堡。

"这公园是？"

"边疆伯爵公园！"克罗蒂娜斩钉截铁地确认道。"喏，这儿还有张边疆伯爵长凳、一座边疆伯爵士兵雕像、一个边疆伯爵奶妈……这儿清爽吧？让人很放松。我就像回到了家乡蒙蒂尼，那儿也比这里差多了。"

我们肩并肩坐在一张过去当作长凳的平滑的石板上。

"您喜欢您的蒙蒂尼吗？那是个漂亮的地方，对吗？"

克罗蒂娜漂亮的黄眼睛一亮，随后又湿润了，她像个孩子似的伸出手臂……

"漂亮的地方？我在那儿快活得就像篱笆里的草，像墙上的壁虎，像……我，我不知道。有好些天我从早到晚都不着家。是我们不着家，"她纠正道，"是我让雷诺知道那地方有多美。他跟着我到处跑。"

她说起丈夫时激动的柔情又一次把我甩进忧伤

里，眼泪几欲夺眶而出。

"他跟着您，是的，一直如此！"

"可是，我也跟着他啊。"克罗蒂娜惊讶地说，"我们是彼此追随……却不相像。"

我垂下头，用我的伞尖抠着沙土。

"你们是那么相爱！"

"是的，"她回答得很简单，"就像一种病。"

她遐想了片刻，然后把目光投到我身上。

"那您呢？"她突然问我。

我哆嗦了一下。

"我？什么？"

"您不爱他吗，您的丈夫？"

"阿兰？当然，那是自然……"

我不自在地往后缩了缩身体，克洛蒂娜猛地凑过来。

"啊！'自然'？好，如果您说您自然爱他，我就知道是什么意思了！另外……"

我本想拦住她不要再说下去，可也许这比拦下一匹脱缰的小马还要难。

"另外，我经常看见你们在一起。他看上去

就像根棍子,而您像块湿手绢。他又蠢又笨又粗鲁……"

我出手自卫,好像她就要挥舞着拳头打过来似的。

"是的,粗鲁!这红头发家伙得了一个老婆,可没他学会使用方法,这连七个月的孩子都能一眼看出来!'安妮,不能这么做,不合规矩,安妮,我们不兴那么做……'要是换我,他第三次说这种话的时候,我就回他:'那是不是给您戴绿帽子就算合规矩了呢?'"

她愤恨而幽默的用词让我哭着笑出声来。真是个活宝!说到激动处,她索性摘掉帽子,甩甩短发,图个凉快。

我不知道该怎样控制自己。我想哭,一点也不想再笑。克罗蒂娜转过脸来看我,一副严肃的样子,像极了她的猫。

"没什么可笑的!也没什么可哭的!您就是一个小傻瓜,一块漂亮的碎布,一块旧丝绢,您没有什么借口,您就是不爱您的丈夫了。"

"我不爱我的……"

"是的,您谁都不爱!"

她换了一副愈加严肃的表情:

"因为您没有情人。爱情,哪怕是不容于世俗的爱情也能让您像花一样绽放,可您枝桠柔软却没有花……您的丈夫,如果您爱过他,我是说真正意义上的爱,像我这样的爱,"说着,她把娇小的手用力摁到胸口,无比骄傲的样子,"您就会追随他到天涯海角,会像他的影子和灵魂一样追随他,爱抚他。当我们以某种方式爱一个人的时候,"她压低声音说道,"背叛本身也变得无足轻重……"

我听着,贴近她,贴近她先知般的声音,悲伤而激动地听着她,看着她远眺的目光。她平静了心情,笑了,眼中好像只看到我一人。

"安妮,在我们那儿的一些田里,有一种草和您很像,茎很细,头上却顶着重重的种子,耷拉着。它有个漂亮的名字,我一想起您就会把你叫成它的名字,'弯腰小香草',它在风中颤抖,它害怕,直到头上的种子清空后才会直起身子。"

她深情地搂住我的脖子。

"弯腰小香草,您是那么迷人,真是可惜了!

我好久好久都没有遇到过您这样的女人。看着我，菊苣花，您的眼睛一闪一闪比黑草丛里的泉水还要清澈，玫瑰花香的安妮……"

我的心被悲伤击碎，又被温柔融化，我低下头靠在克罗蒂娜的肩膀上，我的睫毛仍然湿漉漉的，我朝上看去。她的脸凑近我，浅黄褐色的眼睛摄我心魄，突然逼得我无从招架，不得不闭上自己的眼睛。

可她撤走了深情的拥抱，让我险些摔倒。她跳起来，两臂画个弧线伸了个懒腰，猛地用手捶打太阳穴。

"太厉害了！"她咕哝，"有点过于……可我答应过雷诺……"

"答应过什么？"我一脸迷茫地问道。

克罗蒂娜用一种奇怪的表情冲着我笑，露出了所有的牙齿。

"十一点之前回去，我的小可怜。快点，我们还能勉强赶上。"

八

《帕西法尔》的第一幕剧刚刚结束,这让我们又回到了去魅的日光中。《莱茵的黄金》[1]演出的三天里,漫长的幕间休息让玛尔特和莱昂兴高采烈,却总是不合时宜、粗暴地打断了我的幻想或沉醉。我不得不离开舞台上被抛弃而咄咄逼人的布伦希尔德,重新看到俗不可耐的玛尔特、吹毛求疵的莱昂、口渴难耐的莫吉、后脖褪了色的瓦伦蒂娜·舍斯奈,听到众多没有鉴赏力的粉丝一声又一声的"啊""伟大""精彩"和各种语言的赞美之词,不、不要!

"我想要一个人的剧院。"我向莫吉承认。

"是啊,"他的嘴松开了气泡格罗格酒里的吸管,松了有一分钟,他比起做个无腿残疾人更愿意

---

[1] 德国作曲家理查德·瓦格纳的作品《尼伯龙根的指环》的组成部分:前夕《莱茵的黄金》,第一日《女武神》,第二日《齐格弗里德》,第三日《诸神的黄昏》。

听见这些话,他回答说,"您属于路德维希二世[1]那类人。瞧瞧,胡思乱想有什么下场。他死前建造的那种风格的房子,现在只有那些乡下蛋糕店才会起这种名字!好好想想这种孤僻的坏习惯有什么可悲的下场吧。"

我腾地站起身来,把这个酒鬼晾在一边,推开克罗蒂娜递给我的一大杯柠檬冰淇淋。我靠在列柱上,望着低矮的夕阳。天上的云急匆匆地朝东边赶去,它们的影子立即变得冷清。拜罗伊特城的工厂吐出的浓重的黑烟翻卷着,直至一阵更猛烈的风把它们一口吞下。

一群法国女人——僵直的紧身上衣压迫着胯部,过长的连衣裙拖曳在身后,正面金光闪闪,她们在天南地北地聊天,声音尖、嗓门大,和壮美的音乐无半点关系。这种骚动使她们在第一分钟时吸引眼球,而一刻钟之后就让人心生厌恶了。这是

---

[1] 路德维希二世(Louis II de Baviere,1845—1886),维特尔斯巴赫王朝的巴伐利亚国王,在巴伐利亚的历史中一直被认为是最狂热的城堡修建者,由于他对新天鹅堡的修建,在民间被称为"童话国王"。

些漂亮女人，即便不听她们说话，也能猜出是属于柔弱而神经质的人群，她们眼界高，心思善变。比如，她们和这个冷静的红发英国女郎就很不一样，她们把她从上到下打量了个遍。可后者压根没有关注她们，她坐在一级台阶上，伸出一双穿着劣质皮鞋的大脚，平静而羞赧的样子……她们最后又看到了我，窃窃私语。

其中一个消息最灵通的解释道："我觉得她是个年轻寡妇，每场演出都来看是为了这里的某个男高音……"我对她天马行空的想象和诽谤付诸一笑。我朝玛尔特走去。她穿着白色和紫色的衣服，高高地撑着一顶阳伞，兴高采烈，以最具特里亚侬气质的步伐翩翩走过，认出些巴黎的熟人，抛出一句句"你好"，盘点女人们的帽子……还有那个讨厌的莫吉竟然挨着她的裙子！我宁愿折回去找克罗蒂娜。

可是克罗蒂娜正脱了手套，用手指夹着一块涂满奶油的巨大蛋糕和一个奇怪的女人聊得起劲。那个女人拥有埃及人的褐色皮肤，嘴巴和眼睛像是用画笔勾勒出的两条平行线，一圈圈跳跃的鬈发，活像一八二八年的小姑娘打扮,可那不就是波莱尔小姐吗?她怎么会在拜罗伊特?真是难以置信。

这两个娇柔好动的姑娘都在靠近额头的头路处别了一个蝴蝶结——波莱尔的是白的,克罗蒂娜的是黑的——那些紧盯着她们看的人都会觉得她们的头发是一样的。可我不觉得:克罗蒂娜的发卷没有波莱尔的柔顺,更具男孩气,她的目光也不像波莱尔迷人的北非眼睛一般具有东方感。她漂亮的眼睛更猜忌……更有操控力。尽管如此,她们还是很像。雷诺从她们身后走过,饶有兴致地迅速摸了摸她们的短羊毛卷,随后对我惊愕的目光发笑:

"是的,安妮,这正是波莱尔,我们的莉莉。"

"她们的老虎莉莉。"莫吉用鼻音嗡嗡地补充说,他模仿着阔步舞,像个游吟诗人似的夸张地扭动腰肢,我不好意思地笑了。他唱道:

"她把黑鬼画得像一拨苍蝇,她是我最爱的人,我的宝贝,老虎莉莉!"

这下我明白了!

在好奇心的驱使下,我已经不知不觉地和这两个女人靠得太近了。克罗蒂娜看见我,专制地打了个手势,招呼我过去。我尴尬地站在这个女演员面前,可她压根儿不看我一眼,她重心侧在一条腿上,把泛着黄褐色光泽的褐发往后捋,正忙着用动情的尖嗓子得意洋洋地解释某些不知所谓的东西:

"您懂的,克罗蒂娜,我要是想演高雅戏剧就必须了解整个高雅戏剧体系,所以我来拜罗伊特学习。"

"这是您的功课。"克罗蒂娜表示完全赞同,浅栗色的眼睛闪烁着喜悦。

"他们把我安排在拜罗伊特的那一头,见鬼,那儿叫'竹屋'……"

"竹屋"!好特别的旅馆名字!克罗蒂娜看见我目瞪口呆的样子,善意地对我解释:

"'边疆伯爵'竹子。"

"没关系,"波莱尔接着说,"反正我不后悔来这一趟!您知道的,在马尔尚夫人那儿的演出和这儿不一样。另外,他们的瓦格纳也没厉害到把人吓趴下,音乐和乐队的演出真是无聊透顶。"

"您和安妮的想法一样。"克罗蒂娜看了我一眼,突然说。

"啊！这位太太也是这么说的吗？很荣幸认识她。我刚才说什么来着？啊！是的，我已经是第二次来看《帕西法尔》了，再次验证了这里到处是卑鄙小人。您见过昆德丽了吧，看到她额头上的束发带了吗，还有那些花，还有那面纱了吗？那正是朗多夫为我在柏林的冬园剧院演出时设计的发型，那年我的《小科恩》都唱腻了！"

波莱尔得意洋洋地叹口气，重心换到另一只穿着高跟鞋的脚上。她瘦得畸形的腰上都能围个假领子了。

"您可以去提出抗议。"克罗蒂娜极力建议。

波莱尔像只孔雀似的抖抖身子，接着说：

"才不呢，这是自贬身价。"她美丽的眼睛暗淡下去。"我，我和其他女人不一样。此外，抗议又怎么样呢？跟这些德国佬抗议？噢唷唷！给他们刷皮鞋？我还没说完呢。还是在他们的《帕西法尔》里边，瞧，第三幕，那个胖子掉在水里，毛茸茸的家伙正在给他泼水，那家伙的姿势，两手紧握平放，侧身四分之三朝向观众，就是我在《巴巴里人之歌》里的姿势，又抄袭我。你们说我有多生气！

克罗蒂娜，我这右边身子，鲸须紧身衣都绷断了。"

我打量着她，迷人的脸蛋上，表情就像放映电影般光影陆离，那里轮番上演着亢奋、叛逆、黑人的凶悍、谜一般的忧伤，还有当她像吠月的小狗一般抬起尖下巴并突然一笑时，光在脸上投下阴影。随后她天真而又一本正经地向我们告别，举止得体。

我一直目送她的身影：她迈着活跃的步子，灵活地扭着腰肢，轻盈地在人群中穿梭，她的分解动作让人想起她的前言不搭后语，她像极了一只踮着后脚、前倾行走的机灵的小动物。

"腰围四十二！"克罗蒂娜想，"那是鞋码，不是腰围。"

"安妮？安妮，我在跟你说话呢！"

"啊，啊，我听着呢！"我一惊，回过神。

"那我刚刚和你在说什么？"

在我小姑子审视的目光下，我慌乱地别过脸去。

"我不知道，玛尔特。"

她耸耸肩，低袖笼、白花边的薄透上衣几乎让她粉色的皮肤清晰可见，简直是一件很暴露的内衣，但由于是高领，玛尔特就这么穿着上了街，在男人们的目光下镇定自若。我却无法淡定了。

她用喷雾瓶朝她偏粉的红色头发上喷了过量的香水。她美丽、生动却又乖张的头发像极了她本人！

"够了，玛尔特，够了。你太香了。"

"绝不会够的！我一直怕别人说我闻起来有红发女人的味道！现在你从云端下来了，我就再说一遍：我们今天晚上在柏林吃饭，是柏林饭店。大傻瓜！是莫吉做东。"

"又是。"

这话脱口而出，玛尔特那牛角一样锐利的目光捕捉到了它。她胆子比我大，辩解道：

"什么'又是'！让人以为我们靠莫吉养活似的。这次是轮到他，我们前天请过他了。"

"那昨天晚上呢？"

"昨天晚上？那是另外一回事了，他想让我们看看老牌萨梅饭店的样子,可那地方的菜难以下咽,肉硬邦邦的,鱼烂糟糟的。他本就应该补偿我们。"

"也许是补偿你吧,没有我。"

"他是个很有教养的男人,所以总是把你也算进去。"

"有教养……我也很希望这一次他会表现得有教养……和平时一样。"

玛尔特用磨光板一下一下狠狠地刮着后颈。

"漂亮!讽刺得好。你显然有长进了。是和克罗蒂娜待久了吧?"

她句句尖酸,就像用指甲在我身上刮过一样,让我不禁哆嗦。

"比起你这么频繁地和莫吉在一起,我和克罗蒂娜的相处算不了什么。"

她转身看着我。她的发髻像头盔,头巾像烈焰。

"这算是忠告吗?你胆子够大的!你竟敢教训我,管我的事!我有丈夫给我忠告,你知道吗?我真想不到,莱昂都觉得无可厚非的事情你竟然说三道四！"

"别说了，玛尔特……"

"不想听了，嗯？下不为例！说到底，莫吉先生是个忠诚的朋友。"

"玛尔特，我请求你别再说下去了。随便你怎么羞辱我，可别再提什么忠诚规矩的'莫吉先生'了，也别再把莱昂说成什么能判断是非的丈夫……你真把我当白痴了！"

她绝没料想到我的这一结论。她猛地吸了一口气，好长时间一声不吭地作着痛苦的心理斗争。她终于镇定下来，自制力之强大足以证明这类灾难经常发生。

"算了，算了，安妮……别逗我了。你知道我是个火药桶，我觉得你在故意激怒我……"

她笑笑，嘴角还在抽动。

"你会和我们共进晚餐的，对吧！"

我犹豫不决。她轻巧地抱住我的腰，抚摸着，就像她以往讨好阿兰一样。

"你得为我的名誉考虑。想想吧，人家看到我们四个人在一起，会以为莫吉追求的是你！"

我们又成为了好朋友，可我觉得我们的友谊开始像阳光下的冻冰一样咔吱碎裂。我很累。原本从昨天开始我的偏头痛便隐隐有发作之势，这场口角之后它更是在我可怜的脑袋里一发不可收拾。随它去吧，我没觉得自己有什么不开心。仅仅一个月前，我不可能有勇气对玛尔特说出我今天一半的想法。

我们坐上汽车去看《幽灵船》[1]。我一声不吭，反应迟钝，用手指揉着太阳穴。莱昂可怜我说：

"偏头痛吗，安妮？"

"唉，是偏头痛。"

他摇摇头，用动物般温柔的目光打量着我。事实上我也是，这段时间以来我非常同情他。如果说玛尔特在家里戴的是一家之主的皇冠，那他戴的是……克罗蒂娜蹦出过这个词儿。我的小姑子平静地坐在我的左手边，因怕热而使劲在脸上扑粉。

"我们在那儿见不到莫吉了。"我的妹夫说，"他留了在房间里。"

---

[1] 德国作曲家理查德·瓦格纳 1843 的歌剧作品。

"噢!"玛尔特无动于衷地说。

可为什么她的嘴唇一撇,像要屏住一个微笑?

"他病了吗?"我问,"是不是昨晚喝了太多格罗格酒?"

"不。他觉得《幽灵船》是个烂剧,是意大利和德国音乐的渣滓,所有的演奏者'臭脚'。安妮,请你相信我这是照搬他的原话。他还说一想起森塔的父亲、那个叫达兰德的渔夫就让他肚子疼。"

"这种批评倒是很特别。"这是我的真心话。

玛尔特看着别处,好像并不愿意接下我们的话头。在我们左手边,一辆辆双篷四轮马车疾驰而下,卷起团团尘土,而我们的马车几乎以步行的速度排在队伍中……这座砖头砌的剧院(克罗蒂娜说得对,它真像一个煤气表),周围衣着靓丽的人群,傻乎乎冷笑着的当地人队列,这种场景我只见过四回,但其一成不变让我浑身上下感到不耐烦,我不由得想起在巴黎的一段日子,从我房间望出去的狭窄的视野就熟悉得让人受不了。可那时,我的神经还没那么挑剔,我还有一个让我唯唯诺诺的主人,那时的我还低眉顺眼、胆小怕事。

我只能向自己、向无用的日记本承认我在拜罗伊特的觉醒。《帕西法尔》的幕间休息其实和玛尔特或可恶的舍斯奈在巴黎家中下午五点的茶会半斤八两，都是一样的茶余饭后、蜚短流长，甚至恶意中伤，主题永远围绕化妆、前卫作曲家、美食和桃色新闻。

我再一次想到了离开。在阿列日，我看着从两座山峰之间的断谷里射入的阳光；在这里，我目送浓烟朝东方散去……到哪里才能逃开一成不变、日复一日、平庸和恶意呢？也许我该像克罗蒂娜说的那样，无论阿兰怎么说都要陪他远行？不，和他在一起，在他身上，我看到的是所有我现在要逃避的东西。唉！头痛是一个讨厌而清醒的顾问，比起《幽灵船》，我更愿意听它的话。乙醚、遗忘、舒服的眩晕都让我着迷……我塞了一马克在一位老"引座员"手里，让他允许我偷偷溜走，于是我买到了我的自由……"这位太太生病了。"

我一路奔跑，上了车。我回到了我的房间，托比正乖乖地躺在我的拖鞋上，看到我提早回来，温柔地叫了起来。它爱我！我也是，我爱它。镜子里的我变好看了，那个皮肤白得发亮的男人曾把我衬得那么黑，如今远离了他，我觉得自己变漂亮了，就像玛尔特曾经说的，我像一只修长而精致的陶罐，插着两只盛开的蓝色野菊苣花。克罗蒂娜也那么说过："蓝色的花，看着我，您的眼睛比黑草的泉水更明亮。"可是她却松开了亲密的怀抱。

终于，终于我可以半裸着趴在床上，神奇的小瓶子放在我的鼻孔底下。我立即开始飘飘然，好像有凉凉的小水滴一滴一滴地落在我的皮肤上，脑子里的坏铁匠慢慢放缓了动作……可我在半梦半醒中还存着一丝清明，我不想睡着，不要体验从昏迷中醒来时的恶心，我的乙醚只是一个狡黠的安慰者，面带温柔而暧昧的微笑，我只要它的魔力让我可以振翅高飞，让我的床像秋千一样晃晃悠悠……

几声愤怒的犬吠把我吵醒了，我麻木地摸索，想找我的手表。咳！他们并没有到"煤气表"附近来找我……他们有那么多事情要忙，无暇顾及我……昏昏沉沉、自我陶醉的倦意没有超过一个小时。我还以为过了很久！"闭嘴，闭嘴，托比，我的耳朵现在受不了……"

托比遗憾地闭上嘴,把它的方鼻子凑到爪子上,鼓起垂垂的脸颊肉,嘴巴里还发出呜呜声。我黑色的小朋友,你是个合格的卫兵,我会永远把你带在身边……它在听,我也在听。隔壁房间的门被人关上了,那是玛尔特的房间。也许是极度殷勤的女佣来收拾房间,打开小钱箱,摊开被揉成团丢进垃圾桶的巴黎画报。

昨天我在穿过前厅的时候,偶然看到厨房里有四个穿着背带围裙的小女佣正小心翼翼地用脏脏的手摊平一张皱巴巴的《玫瑰人生》画页。她们从上面学法语和其他东西。

不,不是女佣。有人在说法语……那是玛尔特!玛尔特是来看我的:我没想到她会对我如此关心。那里有玛尔特和一个男人的声音。是莱昂吗?不。

我衣衫不整地坐在床上,大腿垂下床沿,我试图去听隔壁的声音,可是听不清楚。乙醚放慢飞舞的翅膀,但仍在我耳朵里嗡嗡作响。

我的发髻散了下来。玳瑁的发卡滑到我的脖颈处，像一条小蛇，凉凉的、轻轻的。紧身内衣被解开，短裙被掀起来，露出了我大腿根部的暗色皮肤，我的脚上却还穿着鞋，这成何体统？暗绿色的镜子照出了我衣冠不整的模样，苍白的嘴巴，朝太阳穴上挑的眼睛有如一汪清冷的水，眼周一圈可怕的淡紫色……可在玛尔特的房间里说话的人到底是谁呢？

隔壁的窃窃私语声不断，不时地传来小姑子的一声大笑或感叹……这显然是一段奇怪的对话。

突然，一声惊叫！男人爆出一句粗口，然后是玛尔特恼火的声音："你的脚就不能不动吗？"

我慌了神，立即扣上衬衫，手指都在发抖。我像被人撞见这副模样似的立即翻下裙子。我笨拙地把发卡别进头发里，可试了十次，还是没成功……上帝啊，谁在那堵墙后面？玛尔特对丈夫一直称呼"您"。

没有声音了，怎么办？如果那个男人要伤害玛尔特怎么办？啊，我倒希望，倒希望他真的只是伤害她，比如是个小偷，某个带刀的小混混，可我怎么在揣测这扇门后面正发生着比这类恶行更丑陋的事情呢？

我抓住门闩，打开门，用尽全力推开门扇，手臂挡在脸前面，好像生怕有人袭击……

我看到了，可我一下子懵了，为什么玛尔特露着白皙如牛奶的背脊？她圆圆的肩膀会从衬衫里露出来？她、她坐在……莫吉的大腿上，莫吉，莫吉，红通通的脸，靠在一把椅子上，衣裤穿得尚妥帖，至少在我看来……玛尔特大叫一声，噌地跳下来，遮掩满身可怕的凌乱。

她僵直地站在我面前，穿着阔腿的细麻衬裤，她的模样无疑让我想起了四旬斋的狂欢节里袒胸露乳的小丑，而且是一个悲情的小丑，脸色比面粉还要惨白，怒目圆睁！我呆在那儿，一句话也说不出来。

莫吉的声音响起，他无耻地打趣道：

"嘿，玛尔特，现在这小妞撞见了咱们的好事，把这家伙干掉，有风险吗？"

玛尔特头一扭，示意他出去。然后她朝我走来，猛地把我推回我自己的房间，害得我踉跄了几步……

"你来这儿干什么？你在跟踪我们？"

"啊，上帝啊，不是的！"

"你在撒谎！"

我挺直身子，以便更有底气地看着她。

"不，我没有撒谎。我头疼，所以就回来了。我给了看门人一些东西，让他放我进来，我……"

玛尔特瘪嘴一笑，像是打嗝。

"啊！你也会这种伎俩了，给看门的一个马克？你真是懂人情世故了，阿兰怕是要大吃一惊了……就算你头痛，那你到我的房间里来搞什么？"

这个女人好胆色！她又找回了神气，变回了那个街垒战里自负妄为的放火女人。还是苍白的脸色，还是咄咄逼人的目光，她在腰间攥紧的拳头就可以对抗一个军队……

"你会说出去吗？你去告诉莱昂他戴了绿帽子啊，你还等什么呢？"

我的脸红了，因为那个词，因为她的猜忌。

"我不会的，玛尔特，你很清楚。"

她挑起眉毛，看了我一会儿，说：

"想要表现高姿态吗？不。没门。你是想耍手段，把我的下半生捏在掌心里，对吗？收回去吧。我宁愿自己去跟他说，对那个白痴说！"

我不耐烦地打了个手势。

"你没明白我的意思。我吃惊的不是……不是事情本身，而是你选的那个人……噢！玛尔特，那个家伙。"

她痛苦地咬紧嘴唇，然后苦闷地耸耸肩。

"是的，是的。你喜欢'通奸'这种老掉牙的词儿，在你这种傻瓜看来，奸情应该是藏在花前月下，热血沸腾，俊男美女在一起，忘记世间一切……哎哟哟，我可怜的姑娘，你就做梦吧！我，我有我的烦恼，也有我的品位！你口中的那个家伙最大的优点就是有个讨喜的钱包、合我口味的欲望，还有忘记吃醋的聪明。他闻着一股酒味吗？可能吧，可我喜欢这股气味，胜过莱昂身上发出的冷牛肉味道。"

她好像突然感觉累了，一屁股坐到椅子上。

"不是所有人都有机会和阿兰睡觉的，我亲爱的朋友。毕竟这只是赋予少数人的特权……我还有点妒忌呢。"

她想说什么？她恶毒地朝我瞟了一眼，说道：

"另外，不是我想说他的坏话，我亲爱的哥哥真是个糟糕的情人。'咚咚咚，来吧……再见，亲爱的夫人。'嗯？"

眼泪在眼眶里打转，我别过头去。玛尔特迅速地扣上裙子，别上帽针，继续生硬而亢奋地说着：

"我也不明白瓦伦蒂娜·舍斯奈怎么会迷他这么长时间，她可是个情场高手……"

这正是我预料中的名字。可我也有自己的勇气，我一动不动地等待结局。

我的小姑子戴上手套，拿起小洋伞，打开门：

"十八个月，我亲爱的，十八个月里他们经常通信幽会。一周两次，规律得就像上钢琴课一样。"

我摸着我的小狗，手冰冰凉，却一副满不在乎的样子。玛尔特把缀满玫瑰的帽子上的短面纱放下来，舔了舔嘴唇上多余的葡萄唇油。从镜子里观察我。啊！可她什么也看不出来！

"很久之前的事了，玛尔特，对吗？我早就听说过，可没人这么清楚地告诉过我。"

"很久之前？啊，是的。去年圣诞节就断了。

快八个月了吧,可以说是陈年往事了。再见,贤惠的女人!"

她摔门而去。她肯定心想:

"我还手了。一击命中!现在随便安妮怎么说。我报复在先了。"她不知道,她原以为可以杀死一个人,可其实只是空拳打在衣服上。

目睹这一切让我感到羞耻和灼痛,我筋疲力尽、腰酸背痛,不知何去何从,所有这些搅和在一起,让我疲惫至极。不过至少,我很清楚日后任何时间再见到玛尔特,在她倨傲的优雅之外,我不可能不看到一个衣冠楚楚的胖男人那张发紫的猥琐的脸。他们算是奸夫淫妇吗?该不该相信他们之间有类似爱情的东西?这比阿兰草草的抚摸更让我感到肮脏,感谢上帝,要是让我选择……可我不要选择。

我也不想待在这里。我不想听《特里斯丹》[1]了,不想见克罗蒂娜了。再见,躲着我的克罗蒂娜!因为自从那天激动的一刻之后,她猜出了我大

---

[1] 即《特里斯丹和伊索尔德》,德国作曲家理查德·瓦格纳1865年的作品。

半的恐慌，而我惴惴不安，感觉自己快要爱上她了，但之后她就在逃避和我单独接触的机会，她远远地朝我微笑，就像对着某个留恋的故乡。

算了，让我们另寻出路吧！夏季就快结束了。我第一次想象阿兰坐船即将归来，我天真地想象他会带着大袋的金子，红得像他头发一样的金子。

我记起了他最近一封信里的一句话："我亲爱的安妮，我确信这里有一类女人和你很像。她们中最可爱的一些和你一样有厚厚的长发、丰盈而美丽的睫毛、均匀的棕褐色肤色、和你一样不切实际爱幻想。可这里的气候可以解释和谅解她们的这种性格。也许在这里生活可以改变我们之间的一些事……"

什么？他清晰、活跃的思想也变得糊涂了？他傻傻地想改变我们的"日志"吗？放过我吧，变化够了，惊讶够了，失望也够了！我还没有开始我的新生活就已经颓然了。

我要的只是一个干净、安静的角落，一些新面孔以及他们体内一颗我完全陌生的心——我别无所求，别无所求！

我费力地站起来，找我的女仆……在厨房里，她正被四个一脸陶醉的女佣围着，用男中音的嗓音吟唱：

我此心托付，

日日夜夜，魂萦梦绕……

"莱昂妮，去收拾我的行李，我马上就走。"

她跟着我走开，惊讶得没有说一句话。小女佣们听不到法国华尔兹的结尾了。

她没好气地收拾起我的行李箱。

"莱昂夫人的行李箱要不要也收拾啊？"

"不，不，我一个人走，就带您和托比。"我尴尬地补充道，"我收到一封电报。"

莱昂妮的背影告诉我，她一个字都不会相信。

"您一准备就绪就让人驾车载行李去火车站。我带着狗到那儿找您。"

我真怕他们现在就回来！我频频看着手表，终于有一天，我要感谢那些没完没了的演出让我得以出逃。

我看也不看就付了账单，留出一笔丰厚的小费（我不懂当地的规矩），让四个穿背带围裙的小女佣高兴得跳了起来。弗兰肯地区[1]的人没有什么虚伪的自尊心!

我终于要一个人带着托比旅行了。托比的脖子上套了一圈獴毛。它抬起小黑脸盯着我的动作,它懂的,它在等,任由脖子上的链条拖在地毯上。又过了一刻钟,我给玛尔特留了封信,在信封背面急匆匆地写了几句话:"我去巴黎了。随你如何向莱昂解释。"

一想到在世上将茕茕孑立,我的心难受了起来……我想留一个更温柔的告别,可是对谁说呢?我想我找到了:

我亲爱的克罗蒂娜:

因为一些意外,我不得不立即离开。我走得很艰难、很仓促。但请不要胡思乱想,阿兰、玛尔特或是我都没有出事。我走是因为这里的一切让我难受。拜罗伊特离阿列日不是很远,阿列日离我要回的巴黎也不是很远。

---

[1] 德国中南部的历史地区,1815 年后归并入巴伐利亚。

您让我看清楚，在没有伟大爱情占领的高地，只存在平庸和伤痛。我还不知道去哪儿，去找什么解药，所以我要出发去改变、去等待。

也许您本可以把我留下来，因为您一直闪耀着信赖和温暖的光芒。可是自从边疆伯爵公园的那一天起，您似乎不愿意再留下我。也许您是对的。您应该把曾经用来照亮我片刻的火焰全部留给雷诺。

至少给我写一封信吧，只要一封。安慰我，告诉我，哪怕是撒谎也好，告诉我精神上的苦痛并不是不可救赎的。因为我一想到阿兰会回来，心里便如此恐慌，以至于连希望也模糊起来。

再见，给我建议吧。请允许我在想象中，就像那天在边疆伯爵公园里一样，把头枕在您的肩膀上。

安妮

九

上午十一点,火车到站。夏末的巴黎干燥而冷清。我空着肚子,心里难受,好像从世界的另一头回来,只想上床睡觉。我坐上四轮马车偷偷先回了家,只留下莱昂妮只身在海关战斗。

马车带着我在旅馆门前停下。门房戴着袖套,没有穿制服。他的妻子、我的厨娘患有酒糟鼻的脸上红一块、白一块……我心不在焉地在他们扁平的脸上读到了惊讶、尴尬和被伤害的自尊:规矩的仆人遭遇不按规矩办事的主人。

"是夫人!可我们没有收到夫人的电报啊!"

"我没有发过电报。"

"噢!我说也是,先生没有和夫人一起来吗?"

"显然没有。你们尽快给我做些午饭来。随便什么都行,几个鸡蛋、一份排骨……莱昂妮随后带我的行李过来。"

我一级一级地慢慢爬上楼梯,身后跟着门房,他匆匆套上一件镶着褪色纽扣的绿色制服。我像个陌生人一样看着这间阿兰坚持买下来的小公馆。我并不喜欢它,可也没有人征求过我的意见。我曾经认为要是便宜到一定程度,乡下小房子要比一座小公馆来得特别和舒服。

如今这又与我何干呢?我好像只是个置身事外的过客。我卧房的白色房门上有几个脏手印。走廊的电灯泡有点裂缝了。要是以前,我会吩咐用人去修理灯泡,擦洗污迹。……可我改变了主意,我转过身。

当我打开门,走进黄白色的卧室,我有些许松懈和软弱。在刷过漆的小书桌上似乎只有少量灰尘,我曾经在这里写过记事本上最初的几行字……我躺在这张大床上,身体轻得几乎在床垫上不留印记,我梦见过头痛、恐惧、屈从、爱情刹那的阴影、无法满足的快感……如今的我被剥去了恐惧、屈从,甚至爱情的刹那阴影,我还能梦到什么?像我这般脆弱的、在精神和身体上依赖他人的女子如今独自一人,却不知为何,没有像一朵失去攀附的牵牛花一样凋零,这真是一件不可思议的事情。也许,我不会结束,结束得这么快……我木然地看向壁炉上方的镜子。

不出所料,我看见镜子里的安妮,衰弱、憔悴,和夏天之前相比肩膀更窄,腰身更细……这副样子把我吓了一跳,我把胳膊肘撑在壁炉上凑近了打量。

经过一夜的火车之后,深色的头发已经打结,突兀地勾勒出我一向瘦削的褐色的鸭蛋脸,但嘴角的一条因疲倦而长出的皱纹不足以改变我的嘴型,我的嘴较之以往多了坚强,少了乞求。我的眼睛可以直视,随时撑得起泛着丝光的睫毛。"野菊苣花",我如此明亮的眼睛是我唯一最真实的美丽,看着你们,我无法不想到克罗蒂娜,她曾经贴近它们,打趣地说:"安妮,从另一个角度看它们可真亮。"是啊!真的,它们明亮得就像空心玻璃瓶。心在回忆中变得柔软,我陶醉在自己崭新的面容之下,低下头,把嘴唇吻上摘去手套的手心……

"需要我把夫人的行李拆开来吗?"

莱昂妮气喘吁吁,愤然地打量着这个需要"彻底清扫"的房间。

"我不知道,莱昂妮。我在等一封信……就把丝绸的裙子和衬裙拿出来。其他的不急。"

"好的,太太。这儿就有一封先生的信,看门的差点就把它转到德国去了。"

我一把接过这封意料之外的信。我躲进阿兰的书房,亲自打开百叶窗,我要一个人读它。

我亲爱的安妮:

给您写信的是一个非常疲惫的丈夫。但请您放心,我说的是疲惫,而不是生病。我得大干一场;我和您说过要把公牛换成钱的困难,以后我再和您细细道来。我很高兴自己干得不错,还大挣了一笔。安妮,您会感谢我的,这一次旅行让我可以提高我们家的生活水平,还可以给您买一件紫貂皮大衣,和那位夫人的一样漂亮,您知道我说的是谁吗?就是我妹妹毫不客气地称呼为"舍斯奈"的女人。

这时候日头还很毒,我正好利用这段时间把信修改一下。在我的院子里坐着一个姑娘,在做着针线活,至少看起来是的。有好几次我都发现,她一动不动的时候,前倾的身影和低至后颈的发髻像极了您的样子。只是多了红色的花和黄色的小披肩。无所谓，这种相似占据了我的脑海，让我一直想着您，想着我期待的返程也不过就是几天的事情……

几天的事情！真的，已经好久了……几天！我曾经以为他再也不会回来了。他要回来了，他要离开遥远的地方，离开酷似我的棕色皮肤的姑娘，也许在暴风雨的夜里他也会叫她"安妮"……他要回来了，可我还没有决定我的命运，还没有鼓起勇气对抗他、对抗我自己！

信滑落到地上，我没有去捡。我环视四周，想到在这个书房兼吸烟室里没有留下主人的一点印记，没有什么残存，没有什么可以蛊惑我。绿色的挂毯在夏天已经被摘下来了，留下了一大片光秃秃的白色的墙。我在这里不自在，我不要留在巴黎。

"莱昂妮！"

尽职的"宪兵"莱昂妮跑过来，两只食指上各拎着一条连衣裙。

"莱昂妮,我想明天去卡萨梅那。"

"去卡萨梅那?噢,天哪,不行啊。"

"怎么不行?"

"太太还没有写信给园丁太太。房子还锁着,没有打扫过,食物也没有准备。我还要两天准备这里需要的东西,太太平日里穿的裙子的里衬坏了,细麻的白色连衣裙在德国也没有找到洗衣工,配套的衬裙上的花边要更换,还有……"

我两手捂住耳朵,莱昂妮的每句话都让我不舒服。

"够了,够了!给您两天时间准备这些事。只是,您要自己写信给园丁太太说……"我犹豫了一下,"我只带您去。让她来做饭。"

"好的,太太。"

莱昂妮迈着高傲的步伐走出房间。我大概又一次伤到了她。对待下属真是需要很多尊重!阿兰走后,这栋房子里的所有仆人都变得神经过敏,爱嘀嘀咕咕,他们能及时捕捉别人的心情的微妙变化,然后随时把它们写到自己的脸上。

我明天就走。是时候了,我的耐心耗尽了。我婚姻生活里所有的装饰在此时都让我无法忍受，哪怕是这个路易十五时期的客厅。在这里，我曾经每到周五就会听话地、战战兢兢地等待第一个摁下门铃的女士。我夸张了：那时候我会莫名其妙地往后缩，说是战战兢兢，更多的是唯唯诺诺，我那时像个幸福而胆小女人，毫无存在感。今天，我虽然消沉，但其实更加固执，我漂浮不定的命运会比那时好一些吗？这样一个问题显然难为了我这个疲惫的脑子。

在这座像牢塔一样又高又窄的小公馆里，没有什么是我的。阿兰不要我祖母拉扎利斯的家具，他把它们都留在了卡萨梅那。几本书、两三张安妮的画像……其余的都属于我的丈夫。三年前，我把这张英国书桌送给了他，他仁慈地把它放到工作间里。我冒失地抓住抽屉的铜把手，可是拉不开。一个行事有条不紊的男人在漫长的旅行前必然会锁上他的抽屉。我凑近仔细看，发现了一个极小的封印：一条长长的、几乎微不可见的胶带……见鬼！看来我的丈夫对他仆人的信赖也不过如此！可是这般巧妙的防范措施仅仅是为了针对进出房间的仆人吗？突然间，我的脑海中浮现出玛尔特那张恶毒的脸："十八个月，我亲爱的，十八个月不间断的书信往来和定期约会……"

我倒是很想知道瓦伦蒂娜·舍斯奈的写信风格，不，我发誓，我没有嫉妒得要窒息，我不是因为头脑发热才伸出手去……只是，到了这一步，所谓的礼节都是可笑的奢侈品。我化妆包里的小钥匙一把接一把地在这英国书桌的英国锁里无功而返。我讨厌找人帮忙，我想再试试……写字台上的这把光滑的铁质小平尺……对，把抽屉从底下撬起来……真费劲！……好热，大拇指的指甲断了，我曾经呵护备至的一小段粉红色的指甲从我棕色的手指末端裂开……啊呀！哐啷啷！要是用人这时候进来还以为发生什么意外了！我慌张地竖起耳朵听了一会儿。肯定频频有入室行窃的小偷死于心脏病……

浅色桦木的木板咔嚓裂开了。再加把劲，漂亮的写字台抽屉的护板出现了裂缝，断开，落地，然后是一大堆纸倾泻而出。

现在的我就像一个打翻了一盒子糖衣杏仁的小

姑娘一样不敢动弹！我该从哪里开始？回答这个问题用不了多久，每一捆纸都整整齐齐地用皮筋扎好，标有说明：

这是付讫发票，这是产权证书，这是土地官司的相关文件（哪些土地？），还有玛尔特的收据（啊？）、玛尔特的信、安妮的信（总共三封），安德蕾的信（哪个安德蕾？）、信……信……信……啊！终于找到了：瓦伦蒂……

我轻轻地锁上房门，然后坐在地毯上，把相当厚重的一摞信散开在我的两腿膝盖之间。

"我亲爱的红发小子……""我的白人小伙子"（她也是白人）"亲爱的朋友""先生""坏孩子""没良心的……""我的红铜咖啡壶"，称谓确实比内容本身更千变万化，可终究是一部完整的田园诗了。我按着时间顺序阅读它，从一开始的蓝色小纸片"我真不该那么快地把自己给你……"一直到"我会拼尽全力把你抢回来，我真想到你那只小黑鹅家里找你去……"

在所有信的边角处或是背面都标注着阿兰硬朗的笔迹："收于某年某月某日，匿名电报回复于某年某月某日"，我认得出他的字迹。啊！她可以叫他"亲爱的红发小子"或是"白人小子"或是"茶壶"还是"咖啡壶"什么的，我记不清了……她说的是同一个男人啊！

现在我该怎么办？亲手写上阿兰的地址把这包信秘密地寄给他吗？那只是小说里才有的情节，他会以为我还爱着他，我在吃醋。不，我要把所有的这些纸，连带这把小平尺和装有我所有钥匙的小包都留在地上，留在被撬开的家具底下。被洗劫的场面会让这间没有了灵魂的房间获得一丝愉悦的凌乱。让我把"安妮的信"带走，到此为止吧……阿兰回来时看到这场景该是怎样一副表情啊！

一个蓝色的信封斜靠在我早餐托盘的咖啡杯上。从巴伐利亚的邮票和圆润的字迹上我已经猜到这是克罗蒂娜的回信。她回复得很快，她可怜我……字如其人，感性、活泼、直率，短小而优雅的小圈，字母 T 上飞扬而专制的一横……

我亲爱的安妮：

我将好久看不到您与众不同的眼睛，您经常把它们藏在睫毛底下，就像栅栏后面的花园，因为似乎您即将远行……可您怎么会想到让我来指一条路线呢？我既不是库克旅行社[1]，也不是保罗·布尔热[2]。这个我们稍后再谈，我想先告诉您一桩要紧事，不过它平凡得像花边新闻。

您走的那天，我没有在《特里斯丹》的演出现场碰到莱昂夫妇。您的妹夫倒是无所谓，但玛尔特错过《特里斯丹》的幕间休息，那可是继《帕西法尔》之后最轰动的幕间休息！我们和平常一样从剧场步行回来，我和我的大个子手挽着手，我们俩想中途去看看玛尔特……太可怕了！平日里老实经营的旅馆里全是人，

---

[1] 库克旅行社（Agence Cook）于1845年开始旅行代理业务，成为第一家专职旅行代理商，标志现代旅行社的诞生，同时也视为现代旅游业产生的标志。
[2] 保罗·布尔热（Paul Bourget，1852—1935），法国诗人、评论家和小说家。

四个穿粉色围裙的小姑娘吓得像老鼠似的乱跳。我终于隐约看到披散着红头发的玛尔特,可她把我们拒之门外。雷诺找到一个女佣聊了两句,听她带颤音的巴伐利亚话,不时迸出一个"哟"来!雷诺一脸惊讶,像是吓傻了……我夸张一点。

您知道怎么回事吗,安妮?莱昂刚刚服毒自杀了,就像那些被男人甩了的女店员一样寻死觅活的。他喝了鸦片酊,太激动后来吐得厉害!您肯定想到这个巴黎男人脑子里一直都没忘记莉安娜自杀的事吧?根本不是。平日吵架的时候,玛尔特脾气暴——不知道为什么——她三番四次骂丈夫"绿帽子",用记者的话说就是,那个可怜男人深信自己"灾难深重"。

见鬼的"灾难深重"。

第二天,我试着单独再去找玛尔特,她见了我,俨然一位模范太太,对我讲起了那个"致命的错误",她起身十来次,跑到丈夫的病床边。莫吉走了,因为前一天晚上收到一封急电,叫他去贝兹尔[1]。安妮,这还是很奇怪的,怎么一下子这么多法国人都从拜罗伊特匆匆离开了呢!

不过您放心吧,胆小的孩子,企图自杀的莱昂现在很好,玛尔特对他体贴入微,就像照顾一匹参加大奖赛的马。过不了几天他就可以恢复工作,每天至少要完成八十行字,而不是六十行,他得把浪费的时间追回来。您的小姑子是个聪明女人,很清楚已婚女人的处境比离婚女人,甚至某些得了点遗产的寡妇要好得多。

现在您都知道了。我们再说说您吧。您呀,麻烦的小女人,您对自己的了解真是后知后觉,可真等到那一天来临的时候,您却披着黑头巾,悄悄地跑得飞快,像一只迁徙的燕子。

您走了,您的出走和您的信都像是对我的责备。玫瑰花香的安妮,我真舍不得您!您别

---

[1] 法国市镇名,位于法国南部朗格多克-鲁西永大区的埃罗省。

怪我。我只是一只可怜的小动物，贪恋您的美丽、柔弱和信任。我很难明白，像您这样小小的灵魂竟会依靠在我的灵魂上，您那张小小的嘴对着我的嘴，一开一合地说着话，我无法用一个吻让这一张嘴和那一张嘴变得更美丽了。告诉您吧，我不是十分明白，尽管有人向我解释过。

安妮，应该有人告诉过您我和一个朋友的故事，我爱她，但爱得太过单纯、太过投入。她叫瑞琪，是一个迷人的坏姑娘，她妄图用金发和美丽的裸体离间我和雷诺，用单纯的肉欲让我们彼此背叛……因为她，我向雷诺保证，也向我自己保证，对将来可能出现的美丽、柔弱又迷人的女人视而不见，不要用我的一个手势去吸引和控制她们……

您走了，我猜想您现在还是毫无头绪。我希望您的丈夫最近不要回来，这对您和对他都有好处。您不够清醒，也不够顺从。您不爱他，这是一种不幸，一种平静的、灰色的不幸，是的，安妮，一种很平常的不幸。可是，想想倘若哪一天您爱得义无反顾，付出真爱却被欺骗……这才是唯一的大不幸，这种不幸可以让人去杀人，去放火，去毁灭……他们做得没错，要是换成我……对不起，安妮，我又忘了我们现在只谈论您。陷入爱情的女人很难掩饰内心的自私。

您恳求我"给点建议"！这真是太方便了！我觉得您该去干点蠢事了，善变的安妮，用您温柔的固执，用您举手投足间散发的年轻女人的优雅、迟疑和魅力去干点蠢事吧。

我不想对您直截了当地说："不要和我们不爱的男人生活在一起，那太脏了。"虽然这个观点和我真实的想法差不多，可至少我可以告诉您我曾经是怎么做的：

带着沉重的悲伤和一点点行李，我回到了我的故乡。去了结生命吗？去疗伤吗？我在出发的时候一无所知。神圣的孤独、平和心境的树木、安抚灵魂的蓝色夜空、静悄悄的野生动物扭转了我千疮百孔的命运，带我慢慢回到了来时的地方，那是幸福……

我亲爱的安妮,您也可以试试。

再见吧,若我的疗法不起效果便不要给我写信了,因为我很遗憾,我无法给您另外的建议了。

我要亲您,从睫毛一直到下巴,亲您那线条如成熟榛子一般瘦削的脸庞。这些吻千里迢迢而来,失去了起初的毒性,我可以不用内疚,再重温片刻我们的边疆伯爵花园之梦吧。

克罗蒂娜

十

克罗蒂娜骗了我。不，我的话有失公允：是她弄错了。所谓"乡村疗法"不是一剂万能药，而且对一个万念俱灰的病人来说疗效甚微。

这本日记（托比，我真想抱着你，外凸的眼睛，骄傲的耳朵，是你像咬着敌人尸首一般把日记从角落里拽了出来！），没有开头也没有结尾的日记，破烂、发怯、迟疑而又叛逆的日记，一如我自己。在日记的头几页里，我看到这几个字："独自生活的重担……"无知的安妮！比起无止无休地禁锢我整整四年的枷锁来，这负担又有什么沉重？我为什么要重新戴上枷锁去生活？我不要。不是因为自由本身的姿态诱人，我只是想证明自己还有换个地方生活的热情，我知道我的孤独被映照为其他的孤独：天地的孤独、断口呈红色的陡峭的灰色岩石的孤独……选择自己的痛苦，在有些人眼中是理想的幸福。

唉！是的。我一到这里就想离开。卡萨梅那

虽然属于我，但是我在这里和阿兰生活过那么长的时间。在这浪漫的小树林里，在"小森林"（只是一片矮矮的灌木，却被我起了一个名不副实的名字）的树冠底下，在藏着锈迹斑斑的工具、让人联想起某些纽伦堡刑讯室的阴森森的工棚里，在这块土气的田地的各个角落里，我轻而易举就能找到我和阿兰曾经做游戏的印记和残痕。溪谷边上的一棵栗子树的树皮上还缠绕着一圈灯泡，那是大约十二年前阿兰用一根铁丝残忍地绕上去的。那时，我霸道的伙伴阿兰扮成印第安部落的酋长"蛇眼"，而我则是他的小女仆，认认真真地守着松果点起的篝火。他玩得很起劲，在大部分时间里很严肃，他的埋怨和严厉已经构成了游戏的一部分。

阿兰从来没有喜欢过卡萨梅那。在我平庸的祖父手里，这几公顷地被收拾得过于秀气：一条溪谷（显然是天然的），两座山丘，一个背斜谷，一个山洞，一个观景点，一条视野开阔的大路，一些颇具异域风情的小灌木丛，一条供马车行驶的石子路，石子路曲折蜿蜒，让人有行进了好几公里的感觉……阿兰说，这一切做得很可笑。好像确实如此，我如今看到的是一座荒凉的伤心花园，在惨淡如十月的日光下，好似一片坟头济济的墓地。

"平和心境的树木！"唉！克罗蒂娜，要不是我如此恐惧、如此孤独地发着呆，我真的会哭出来。这些可怜的树不知道什么叫平和，也不会给予人平和。扭曲的美丽橡树，盘根错节的巨人，你向天空伸展出手一般的颤抖的枝桠已经多少个年头了？为了自由你付出了怎样的努力，痛苦地撑起身躯？在你的身边，你矮小而畸形的儿女已经趴在地上苦苦哀求了……

其他被禁锢的生命，比如这棵听天由命的银色的桦树，还有这棵纤细的落叶松，它哭泣、摇摆，把头埋在泛着丝光的头发里，我从窗口听到它在呼啸的风中传来尖利的歌声……啊！悲哀的树木，不能移步，受尽折磨，那些向你们乞求的顺从而迟疑的灵魂如何可能获得平和，学会遗忘！……不是它们，克罗蒂娜，是您，只有在您身上才闪耀着力量的光芒、野兽般的活跃、令人失明的多彩的快乐！

更糟的是下雨了。我早早地点了灯,把自己关进房里,厚厚的百叶窗以及莱昂妮与园丁太太的幼女大声聊天的声音才能让我稍稍安心。火苗劈啪作响——已经需要生火了——壁板也咯吱作响。火焰熄灭后,嗡鸣的寂静填满了我的耳朵。天花板的薄板间有一只尖爪子的老鼠偷偷跑过,托比,我唯一的黑色小护卫抬起恶狠狠的脸,朝这个抓不到的敌人望去……上帝啊,托比,不要叫!你一叫,破碎的寂静将一块块砸到我头上,就像老房子里片片剥落的石膏……

我不敢睡下。我在渐熄的火苗前守夜,一直等到火灭去,我听到窸窸窣窣的声音,沙砾上的树叶被风吹动,那阵风的呼吸声,还有所有我叫不上名字的小动物的脚步声。为了壮胆,我触摸猎刀的宽刃,冰冷的钢不仅没有让我安心,反而让我愈加恐惧。

多愚蠢的恐惧啊!这些家具是我的朋友,它们不认识我了吗?不,它们认识,可它们知道我要离开了,它们不会庇护我的。有着浮雕线脚的老钢琴,我曾经敲键敲得你疲惫不堪。"再精神点,我的小安妮，再精神点！"在这张达格雷[1]照片里，这位腰身极细的综合工科学校毕业生就是我的祖父。他在山顶上挖井，种植松露，试图"用透明密封瓶装的鲸油做燃料"来照亮海底！最后弄得自己和妻女倾家荡产。他是个快乐的人，从无怨言，家里人都喜欢他。如果照片真实，他的身材真是优美！连如今的女人都会妒忌。爱天马行空的漂亮脑门，孩子般好奇的眼睛，戴白手套的手……这是我所知道的全部。

钢琴上方的墙上有一张我父亲的照片，照片拍得很差，我只知道他又老又瞎，与众不同的是他对白色的钟爱。我怎么会是这么一个如此……一个如此平庸之辈的女儿？

关于我的母亲，我一无所知。没有一张肖像，没有一封信。祖母拉扎利斯拒绝对我说起她，她只是建议我："为她祈祷吧，我的孩子。请求仁慈的上帝护佑所有消失的、流放的和死去的人吧……"现在真是时候想想我的母亲了！在我的

---

[1] 早期的银板照相法。

想象中,她一直是一个美丽而忧伤的女人,她是走了吗?还是自杀了?我对她,与其说是担忧,更多的是怜悯!

我收到了两封信!我又有了双倍的担心。感谢上帝,一封是克罗蒂娜的,另一封是阿兰的。这天早晨,我觉得精神多了,清醒多了,也平静多了,因为晨间的清爽(厨房的布谷鸟钟已经唱了八遍像蛤蟆叫一样的"布""谷"),因为我蓝色杯子里冒着热气的香喷喷的热茶,还因为托比兴奋的食欲,在我慢吞吞的时候,它又叫又跳。我呼吸一口流动的、轻盈的空气,是一种节日和出发的气息。是的,克罗蒂娜,这是我在用自己的方式品味乡间的平静,幻想路上的车马铃声……我变成了一个……上世纪三十年代的女人。一个克里奥尔[1]女人,不是吗?她们是那个时代的时髦人物。不幸的婚姻,诱拐、不得体的旧衣服,在

---

[1] 克里奥尔人原指16至18世纪在美洲出生且双亲是西班牙人或葡萄牙人的白种人。

鹅卵石上磨坏了的系带中筒靴、沉重的椅子、帽烟的送信马车……还有什么？碎裂的车轴、意外、命中注定的相遇……我们祖母那一辈里所有美丽、可笑和伤感的东西……

在那封贴着法国邮票的信封里，只有克罗蒂娜的几行字：

> 我亲爱的小安妮，我不知道在哪里可以找到您。希望您能收到这封信，我只想告诉您，玛尔特在巴黎用三言两语解释了您的出走："我嫂子在乡下辛苦养胎。"我也希望如此！事情也许会更简单？……在我眼里，莱昂和他妻子身体健康，夫妻恩爱。
>
> 再见了，我本想让您安心，给您忠告。这只是……而且我想知道一点您的消息，因为我受不了了，我不由自主地担心您的一切。我曾经说过："如果解药不奏效就不要给我写信。"我说的就是这个解药！我想知道您的一切，关于我曾经绝然放弃的您。一个字、一张图片、一封电报或是一个信号都行……给

我回复吧，安妮。是痊愈了或是生病了？或是如传闻中的"失踪"了？或哪怕是……像玛尔特所说的……？不，不是的！还是做您的双耳尖底瓮吧，细细长长，两臂一拢便可轻易将你抱住。

您的
克罗蒂娜

就这些！是的，就这些。克罗蒂娜轻描淡写的担忧无法让我满足，像我这样一无所有的人要的是别人的全部……

恼人的疲惫让我在这样清新的上午昏昏沉沉。我有必要再回到那些人身边，再过那些日子吗？我重读了一遍克罗蒂娜的信，她不合时宜的关心又在我脑海里激活了那些已被删去的人和事，我盯着阿兰四四方方的信封和硬朗的笔迹，眼前却一片模糊……达喀尔，达喀尔……我在哪里见过这个名字，黑色的圆体字？为什么是达喀尔？上一次不是布宜诺斯艾利斯吗？

我突然尖叫一声，从浑浑噩噩中清醒过来。达喀尔！他回来了，他在路上，他近了，明天就到了，马上就到！……这就是这静悄悄的上午所蓄谋的事情？我笨拙地把信连信封一起撕碎，阿兰清晰的字迹在我眼前颤抖……我好像看到："我亲爱的安妮……终于……回来……和我们的朋友 X 相遇……他们在旅行……留住我……十天……看到收拾干净的房子和幸福的安妮……"

十天！十天！命运没有给我更多的时间思考。时间太短了，但足够了。

"莱昂妮！"

"什么事，太太？"

她在围裙里兜了三只刚出生的小猫，笑着道歉，对我解释：

"我正要溺死它们。"

"那就尽快。行李箱和化妆包，所有这些打包好，我要坐五点的快车。我们回巴黎。"

"又要走？"

"您不高兴了？很抱歉又一次吩咐您做不喜欢做的事了。"

"我不是这个意思，太太……"

"抓紧时间吧,先生通知我要回来。"

我听到莱昂妮在二楼叮零哐啷地拉开五斗橱的抽屉,打开壁柜的锁,以示报复。

十一

那么多纸箱子，那么多包裹！空气中流动着一股混合的味道，有新皮革，有焦油纸，有新的粗羊毛，还有沥青——那是我的新雨衣的味道。我匆匆赶回巴黎后就忙得不可开交。大家看到我独自一人见鞋匠、裁缝和帽商……我说话的口气像男人，可这是时尚的错，不是我的。

五天里，我订货收货，买了那么多东西！我爬了一层又一层的楼梯，吩咐一个又一个的商人，打赏仆人，一次又一次脱掉裙子和紧身衣，露着胳膊，在头牌女裁缝冰凉的手指下瑟瑟发抖。我都快头晕了，但是没有关系，这一切都值得。我精神焕发。

我坐着欣赏我的财宝，有些飘飘然。系带的漂亮大皮鞋，平底且细长，像一艘小快艇，英式的矮矮的鞋跟！我应该可以穿上这艘黄色的"小船"昂首挺胸地走好长时间。至少我是这么想的。我的丈夫喜欢我穿路易十五时期的高跟鞋，因为"更有女人味"……可既然是他喜欢的,我就不要!他也不喜欢我这身红棕色的松鼠毛粗呢套装,下身的裙摆太过简洁……可我喜欢。它简洁的设计让我更显苗条,它的黄褐色更凸显了我蓝色的眼睛,美得能让人流口水……车线男士手套,得体的毡帽上配着一根鹰毛!我沉醉在这一件件新品和一份份叛逆之中,就像这个意料之外的旅馆房间。这是家不错的旅馆,离家只有两步路——不会有人说我在逃避。

我理直气壮地对莱昂妮说:"房子急需维修。先生会到'皇家旅行'旅馆来找我。"自那以后,这可怜的姑娘每天上午都会来我这儿听候吩咐,向我抱怨:

"太太,您相信吗?建筑工还没有按照夫人写的那样来修房子。"

"不可能,莱昂妮!他可能收到了先生的特殊指令。"

我用善意的微笑把她打发走,笑得让她发怵。

我筋疲力尽,等待着下午茶。有个东西,我只敢用目光抚摸它,因为我的手一碰上它就心跳不已,它是我刚买来的新玩具里最美的一个:一把小巧的手枪,小巧、黑色,就像托比……(托比,求你别再添这只涂漆的箱子了!你会肚子疼的!)枪有两个保险、六发子弹、一根通条、一堆配件。我从阿兰的枪械师那里把它买了回来。那个卖给我手枪的男人仔细地对我解释手枪的机械装置,同时一脸悲悯状地偷窥我,仿佛在想:"又一个!太不幸了!年纪轻轻的!可我总归是要做生意的……"

我很好。我品味着被遗忘许久的休憩时光。我坚定地为这个黄色小客厅和相邻的路易十六风格的房间选择了家具。我出位而挑剔的直觉闻不到这里脏兮兮的地毯味道,闻不到散落在邋遢角落里的坐垫填充料的味道。光线从平滑的家具上滑过,从静谧的灰白色的哑光壁板上掠过。一台小电话机在宁静整洁的房间里低调地发出叮铃铃的响声。我出门的时候,一位身穿礼服的老先生在服务台后坐镇,对我微笑,就像对着自己的女儿……到了晚上,我在结实的四方床垫上一睡就是好几个小时。

有片刻,我梦到自己是一个成熟的英国小姐,安静而沉稳,寄宿在一户非常好的法国人家……

"咚咚咚……"

"请进!"

"咚咚咚……"

"我说了,请进来吧。"

滑稽的客房小女佣从门里凑进来一张笑脸。

"是下午茶吗,玛丽?"

"是的,夫人,还有一位女士来访。"

"来访!"

我一下子跳了起来,手里还攥着我的黄皮鞋的鞋带。那张笑脸被吓着了:

"是啊,夫人!是一位女士。"

我在发抖,耳朵里一片嗡嗡声。

"您肯定是……是一位女士?"

玛丽像戏剧里的小丫头一样扑哧笑出声来。我着实可笑。

"您说了我在吗?让她上来吧。"

我靠在桌子上等待,成百个荒唐的想法在我脑海中盘旋……这个女士,是玛尔特吗?阿兰跟在她身后……他们来抓我了……我着魔似的看着我的黑色玩具……

鞋子摩擦地毯的脚步声近了……啊!我的上帝

啊,是克罗蒂娜!我太高兴了!我真是太高兴了!

我狂喜,"啊"的一声扑过去搂住她的脖子,她惊讶地躲闪了一下。

"安妮,您在等谁呢?"

我握紧她的手,搂着她,把她推到金色的藤条长椅上,我神经质的动作让她有些不安,轻微地躲闪。

"我等谁?没有人,没有人!啊!我真高兴来的是您!"

可我的快乐立即被疑云遮蔽。

"克罗蒂娜……不会是有人派您来的吧?您不是替……"

她挑了挑细眉毛,然后不耐烦地皱了皱眉。

"瞧呀,安妮,我们好像在演戏似的,尤其是您!出什么事了?您在怕谁呢?"

"您别生气,克罗蒂娜。这事很复杂,一言难尽!"

"您真这么想吗?事情都是很简单的!"

顺从的我没有反驳她。她一如既往地展现出她特有的漂亮,一顶镶着一圈蓝白色蓟花的黑帽子还有她的眼睛、她的小鬈发、她嘲讽的尖下巴让她显得很神秘……

"我会把一切都告诉您，克罗蒂娜……可是首先，您是怎么知道我在这里的?"

她伸出手指。

"嘘! 这得要再一次感谢缘分，大写的缘分，安妮，它能为我所用而不是操纵我。是它把我带到了卢浮宫的商店，那是它的神庙之一，然后在法兰西剧院的拱廊下，在不远处一家熟悉的军械店里，一个瘦瘦的、有着热情的蓝色眼睛的小姑娘在买……"

"啊! 原来如此……"

她也会怕。她以为……这真好，虽然有点傻。我微微一笑。

"什么，您以为……不，不，克罗蒂娜，别担心! 我不会有事没事去开……"

"……开枪……另外您的推理也是错的，这种事情往往是莫名其妙就发生了呢……"

她在说笑，可我的心里满是对她的感激，不是因为她刚才表现出的小说情节般的恐惧，而是因为在她身上，只有在她身上，在令人兴奋的一瞬间，我看到了怜悯、正直和温情，那是生命向我拒绝的所有东西……

她说个不停，温柔地看着我，玩笑里透着不安。她不太确定该给我开什么药方。她是一个聪明、迷信却对境况一无所知的医生，是一个有点神神叨叨却毫无经验的接骨郎中……我能感受到这一切，我避免对她说出实情。现在再改变我的习惯已经为时已晚……

"这家具真好看，"克罗蒂娜扫视了一圈肯定道，"这小客厅有意思。"

"可不是嘛！瞧，这卧室……不像是旅馆客房。"

"当然不像，简直可以说是一间很棒的……那个词怎么说来着，对，一间约会的房子。"

"啊？我不懂。"

"我也不懂，安妮，"她笑着回答说，"可是别人和我描述过。"

这一启发让我浮想联翩："一间什么房子……"所谓的约会对一个心里没有期盼之人的女子而言真

是讽刺。

"喝点茶吧,克罗蒂娜。"

"哇,茶真浓!至少放了很多糖。啊!这不是托比吗?可爱的托比,黑色的天使,方方的小蛤蟆,长着思想者的额头,香肠一样的腿,感性杀手的嘴,我亲爱的,我的宝贝儿!……"

她又变回了原来的克罗蒂娜,趴在地上,帽子掉了下来,用尽全力地抱着我的小狗。平日里喜欢用交错的犬牙威胁别人的托比这下像个线团一样认她揉捏……

"方谢特呢,它好吗?"

"一直很好,谢谢。它又生了三个孩子,您能相信吗?这样算来今年已经生了九个了。我要把这事写信告诉皮奥……都是些没出息的小猫崽,又长得灰不溜秋的,品种也不好,肯定是和煤炭工或洗衣工的。管他呢,它高兴就好。"

她两手捧着杯子喝茶,样子像小姑娘,变回了那天在边疆伯爵花园里的那个人,曾经有片刻,仅仅是片刻,情不自禁地搂住我的头……

"克罗蒂娜……"

"什么?"

心情平复后,我沉默了。

"没什么……"

"没什么是什么,安妮?"

"还是……没什么。还是您来提问我吧。"

她那双中学生般的狡黠的眼睛又变回了女人的眼睛,深邃、洞悉一切。

"我可以吗?没有保留?好吧!您丈夫已经回来了?"

我坐在她身边,垂下眼睛,看着自己紧握的双手,像在做告解。

"不。"

"他就要回来了?"

"四天后。"

"您有什么决定?"

我低声承认:

"没有!没有!"

"那么,这些乱七八糟玩意儿是什么?"

她抬抬下巴,示意那些凌乱的箱子、衣服和纸盒子……我有些发窘。

"是下一个季节的玩意儿。"

"是吗?"

她用怀疑的目光审视我……我坚持不下去了。就让她责备我吧,我不愿意她揣测某种见不得人的私奔、某种我不知道的可笑的出逃……赶紧吧,赶紧说了吧,我说出了一个条理不清的故事:

"听着……玛尔特在那儿告诉我说阿兰和瓦伦蒂娜·舍斯奈……"

"啊!那个臭女人!"

"所以我回到巴黎,我……我几乎拆了阿兰的书桌,我发现了那些信。"

"非常好!"

克罗蒂娜手里绞着一块手绢,眼睛闪闪发光,我受到鼓舞,一股脑地说完:

"然后,我把所有东西都留在地上,那些信、那些纸,所有的东西……他会发现它们,他会知道是我干的……我只是不想……不想……您懂的,我对他的爱不足以让我留在他身边,我要走,要走,要走……"

泪水和一连串的话让我喘不过气来,我抬起

头呼吸空气。克罗蒂娜温柔地抓住我的手,轻声问我:

"那么……您是想要离婚吗?"

我迟钝地看着她:

"离婚……为什么?"

"怎么?那棒极了!瞧,您不是已经不愿意和他生活在一起了吗?"

"当然,可这有必要吗,离婚?"

"天哪,就算这不是最快捷的办法,但肯定是最保险的一步棋。瞧这孩子!"

我笑不出来,我越来越慌乱:

"可是,您要知道,我不想再见到他!我,我怕。"

"说得好。可您怕什么?"

"怕他……怕他抓住我,怕他跟我说话,怕再看到他……他可能会变得很凶……"我打了个寒颤。

"我可怜的姑娘!"克罗蒂娜喃喃说道,没有看我。

她像在仔细思考。

"您有什么建议,克罗蒂娜?"

"这很难。我自己也不是很清楚,得问问雷诺……"

我害怕地叫起来:

"不,不要问任何人,不要!"

"您真是不理智,我的姑娘。让我们想想……您拿走了那个女人的信了吗?"她突然问我。

"没,"我有点吃惊地回答,"为什么要拿走?那些信又不是我的。"

"这倒是个原因,"克罗蒂娜耸耸肩,一副鄙夷的表情,"见鬼,我想不出来了。您有钱吗?"

"是的,大概八千法郎。阿兰给我留了很多。"

"我不是问您这个,我问的是您自己的钱,个人的财产。"

"等一下……三十万法郎的嫁妆,然后还有三年前拉扎利斯奶奶留给我的五万法郎现金。"

"这就好,您死不了了。日后若是离婚判决对您不利,您也无所谓了是吧?"

我用一个高傲的手势予以回答。

"我也是,"克罗蒂娜奇怪地说,"好,我亲爱的,走吧。"

我沉默,一动不动。

"我的诊断和药方没能让您激动地尖叫出来,对吧,安妮?我知道,可我真是已经绞尽脑汁了。"

我抬起眼睛看着她,泪水浸没了眼眶,我默默地指给她看我的行李箱、粗制的衣服、长靴子、雨衣,所有近几日来购买的幼稚的装备,一副要行走天涯的样子。她微笑,目光中似乎蒙了一层纱:

"我看到了,我看到了,我一早就看到了。您要去哪儿呢,我即将失去的小安妮?"

"我不知道。"

"真的吗?"

"我向您发誓。"

"再见了,安妮。"

"再见了……克罗蒂娜。"

我靠在她身上恳求她:

"再告诉我……"

"什么,亲爱的?"

"告诉我,如果阿兰抓到我,他不会伤害我?"

"他不会抓到您的。至少不会立即抓到您。在下次见他之前，您要先见一些在文件里钻空子的讨厌鬼，然后再离婚，忍受责难，然后就是自由了……"

"自由……"我像她一样用轻不可闻的声音念这个词，"自由……是不是很沉重，克罗蒂娜？是不是很难掌控？或者，它会不会是一份天大的快乐，一只被打开的笼子，属于我的整个天地呢？"

她摇着满头的卷发轻轻地回答我：

"不，安妮，没有这么快……也许永远没有……您身上会长期留下锁链的印记，或者，也许您是那种天生就顺从的人？可还有比这更糟的。我担心……"

"什么？"

她直视我。我看见她美丽的眼睛和晶莹的泪水，她的泪水挂在脸上，金色的眼睛拒绝向我释放光芒……

"我担心的是遇见。您会遇见他，一个还未与您有任何交集的男人。是的，是的，"她看到我摆手的姿势回答我说，"那个人在某个地方等您，这很正常，是命中注定的。只是，安妮，我亲爱的安妮，您要知道如何把他认出来，不要找错了，因为在您和他之间有各种替身、重影和幻象，您要跨过他们或是避开他们……"

"克罗蒂娜……如果我还没有遇到他就老了呢？"

她优雅地举起手，做了一个夸张的动作。

"加油啊！他在人生的另一头等您呢！"

我沉默，因为我敬重这份对爱情的执着，我还有些沾沾自喜，因为我是唯一或算是唯一一个看到真实的克罗蒂娜的人：她像一个年轻的德落伊教[1]女祭司，兴奋而野性。

和在拜罗伊特一样，此刻的我愿意服从她的一切，无论善与恶。她看着我，我想在她的眼睛里找到当时在边疆伯爵花园里那种让我目眩神迷的光彩。

"是的，等等吗，安妮？也许没有男人配得上……这一切。"

她的手抚过我的肩膀，我靠向她。在我的脸上

---

[1] 凯尔特民族的一种宗教。

她可以读到我全身心的付出、抛开一切的愿望和所有的心里话……她立即用温暖的手摁住我的嘴,然后又放在自己的嘴唇上,吻上去。

"再见了,安妮。"

"克罗蒂娜,再等等,就再等一会儿!我希望……我希望您远远地爱我,如果您能爱我,就留下来吧!"

"我不会留下来的,安妮。我已经走了。您没有感觉到吗?我抛开了一切……除了雷诺,只为雷诺。朋友会背叛,书本会欺骗。巴黎将看不到克罗蒂娜。她会在像亲人一样的树林里和她的爱人一起老去。他会比我老得更快,可是孤独会创造奇迹,我也许可以拿出我的一点生命送给他……"

她打开门,我即将失去我唯一的朋友……该怎么做怎么说才能把她留下来呢?我是不是该……可是,白色的门已经遮住她苗条的身影,我听见地毯上轻轻的摩擦声,刚才曾预示她的到来,如今渐渐远去……克罗蒂娜走了!

我刚刚看了阿兰的电报。在三十六个小时后他就要到这儿，而我……我将在今晚坐上巴黎到卡尔斯巴德的快车，它曾经带我到拜罗伊特。从那儿再往哪儿去呢……我还不知道。阿兰不会说德语，这又是他的一个障碍。

自前天开始我就反复思考，脑袋瓜因此筋疲力尽。我的女佣将和我的丈夫一样大吃一惊。我只会带走我的两个黑朋友：小狗托比和手枪托比。我算不算是一个防卫严密的女人？我去意已决，我不会隐藏我的踪迹，也不会用小石子做什么路线标记……这不是一次疯狂的出走，也不是随性的逃避。束缚我的绳索被长期啃噬，终于在四个月前破败松开。还等什么呢？只需要狱卒转个身，监狱的恐怖就会烟消云散，光芒将从门缝里照进来。

在我的前方是茫然的未来。我对明天一无所知，没有一丝的预感指引我，克罗蒂娜已经对我说得很清楚了！我所期盼的和恐惧的是一个全新的地方，一切都是新的，我会为了一个城市的名字而留下来，那里的天空下将有一个陌生的灵魂取代你的灵魂……在茫茫大地上，像我这样的女人会不会找到一块近似天堂的地方呢？

我穿着红棕色的衣服站在镜子前,我向镜子里的我道别。再见了,安妮!软弱而优柔的安妮,我爱你。唉,我只有你可以爱了。

我将接受即将到来的一切。我用转瞬而逝的一丝可怜的清明看到了我生命的重生。我将是一个孤独的行者,整整一个礼拜成为饭桌上的传奇,让某个度假的中学生或在温泉胜地疗养的风湿病人一见倾心……或者我会是晚宴上的孤身女人,在她苍白的脸上,谣言诽谤编织成一出戏剧……也许还是个穿黑衣或蓝衣的女人,她遥远的忧伤刺痛了偶遇的同胞的心,更激起他们的好奇……也许是一个被男人追逐和纠缠的女人,因为她美丽、陌生,或是因为她的指甲闪着圆润的珠光……也许在某个夜晚,她在旅馆的一张床上被人谋杀,人们会发现她被凌辱后鲜血淋漓的尸体……不,克罗蒂娜,我没有发抖。这一切都是生活,是匆匆流走的时光,是在每个路口的转角处被期盼的奇迹,怀着这样的信念,我远走高飞。